移りゆくいとなみ

長屋昌宏

Nagaya Masahiro

はじめに

愛知県は尾張と三河に大別されており、私は三河地区の主要都市である豊橋市に生まれ育った。そして地元の高等学校を終えた後、名古屋の大学へ進み、それ以降を尾張地区で過ごしてきた。医師になってからは愛知県に席を置いて障害者施設に勤め、先天異常の子どもたちを外科的に管理する新生児外科を専門にした臨床研究者の道を歩んできた。

子どもが大きくなるにつれて、３Ｋの職員住宅では手狭になったことを理由に、名古屋市内では当時に地価の最も安かった守山区内にわずかばかりの土地を求めて家も建てた。昭和五一（一九七六）年、私が三八歳の時である。

家屋を除いてわずかに残された土地を庭に仕立てるのが楽しみになり、日泰寺で月に一度開かれる植木市へ通っては苗木を求めて育ててきた。それから約五〇年を経て、その間に枯れてしまったものもあるが、生き延びてくれた木々が大きく育っている。真ん中に坐る二メートル以上になった海棠《カイドウ》は桜と同じ時期に可憐なピンクの花を付ける。近所の人から綺麗ですねと言われるのが楽しみである。その右に青葉と紅葉が美しく、小枝の形から軍配の木とも言われる錦木がどっかと構えている。これらの二本がわが家の主木である。その周りにエゴの木と花水木、そして木斛《モッコク》や木瓜《ボケ》などが色を添えてくれる。

私が長かった県職員の職を終えるのと末娘が嫁いで家を出るのとが図らずも一致し、それからのかれこれ二〇年間は家人と二人だけの生活になった。週に一、二回の医療関係のアルバイトをこなす時以外は家にいて気ままに時を過ごしている。朝目覚めたあと、起き上がるまでの四半時間程を寝床でまどろむのが好きで、また、その時間を大切にしている。なんの意味も目的もないのだが、この間にあちこちから浮かんでくる断片の一つひとつが楽しみなのである。加齢からか、最近では多くが後方視的になったが、かつては前方視的なアイディアもそのひとつであった。

私は、二年程前に臨床研究者として取り組んできた新生児外科に関するやや専門がかった「遥かなる赤ちゃんの外科」という本を上梓した。これが私の医師としての集大成のつもりでいたのだが、今世紀に入ってからの医学の進歩はめざましく、それに伴って医療のみではなく人のあり方も考え直さねばならないのではないかと感じるようになった。とくに分子生物学の著しい発展は、社会に貼りつく概念を塗り替えさせる説得力があるように思えてきたのである。そのあたりを模索するうちに、激しく移りゆく世のいとなみについて多方向から整理し直すのも一考と思われたので、再度筆を起こすことにした。

移りゆくいとなみ　目次

第一章　私の移り来たいくつかの曲がり角

活字を追う愉しさを知った「嵐が丘」

小中学校を典型的な体育会系の学生として育った私は、体を動かしていることが大好きでじっと座って本を読むことなどはとうてい我慢のできることではなかった。小学校の通知表では、毎年決まって、「いま少し落ちつきが欲しい」と評価された。その傾向は、程度の差こそあれ高等学校へ進学してからも変わらなかった。一方で、ものを考えることは好きだったようで、数学、特に応用問題を解くことはパズルをしている感覚で取り組むことができた。だから、成績に極端な偏りを持った学生であったのである。高等学校の指導教官からは、この偏りを何とかしなければ国立大学は難しいよと諭され、そのためには国語の成績を上げることだと承知していた。しかし、読書の習慣のない私がにわかに数冊の本をかじってみたとてそれで克服できることではなく、せいぜい漢字の読み書きを鍛錬して点数を稼ぐことしかできなかった。とくに、長文の文章を読んでその大意を記せというような問題に出くわすと初めからお手上げになった。何を言おうとしているのかを読み取ることはもちろん、行間の意味などという高尚な推考はとうていできなかったからである。この状況は結局、高等学校を卒業するまでに是正されず、大学の入学試験でも国語はおそらく五〇点にも満たない点数であったはずであり、理数系でなんとか稼げたおかげで辛うじて拾ってもらえたのである。そして、いつしか私の心のうちに文学に秀でた友人に対する劣等感のようなものが育ってきていた。

大学に入って時間に多少のゆとりができてから、自分の欠点、つまり読書のできないことを克服するにはどうしたら良いのかについて考えた。ここで何とかしなければ、必ずどこかでなにかにつまずくことになると思われたからである。

読書音痴への取り組み

その人にもともと欠けている性質を表わす言葉として音階音痴、方向音痴、味音痴、運動音痴などがあるように、私の読書のできない状況は読書音痴といえる状態にあったように思われる。音楽を聴くように読書を嗜《たしな》む性質を備えた人たちには理解のできないことであろうが、私は活字を追うこと自体が苦痛ですぐに飽きてしまい、そこに集中できないまま、いつしか別のことを考え始めてしまうのだ。つまり、本を読んでいるつもりでいても頭は本から離れてしまい、いわば上滑りの読み方になっていくのである。そこには読書を嗜む性質の欠落した人に特有の素因があるのだろうと考えていた。

それはともかく、本を読めるようにしなくてはという思いがあっても、それのできないもどかしさの中から自分なりに引き出した結論は、とにかく活字に慣れることから始めてみることであった。そのために、武者小路実篤の「友情」といった易しくてページ数の少ない文庫本を買い込み、毎日、あるページ数を定めて、ここまでは何としても読むという義務を課して臨むことにした。内容がどうのこうのではない、とにかく読むことに慣れることから始めたのだ。読書音痴の私が本を読む習慣を身につけるにはこの方法しか思いつかなかったのである。

どのくらい経ってからであろうか、おそらく半年が過ぎたころからか、自分に課したページ数を超えて読める日がたまにあり、同時に物語に引き込まれている自分を自覚できる状況が出始めた。そうか、小説というものは初めのうちは辛抱がいるけれど、進むにつれて面白くなっていくものだということもわかってきた。それから、買い求める小説も少しずつ厚くなっていき、ある時思い切って新版世界文学全集（新潮社）というものに手を出してみた。選んだ本は、エミリー・ブロンテの「嵐が丘」であった。高等学校時代に友人が学校に持ち込んで読んでいた小説であり、文学が好きであった私の妹は遠い昔に読みきっていた本である。あまりにも遅い取り組みが恥ずかしく、求める段でちょっと気の引けた記憶がある。作者の空想の世界を現実の環境に当てはめて進められる物語は、義務として読むところから脱して初めて大きな感動になり、私はそれを深いため息をつきながら予定よりもはるかに短い日数で読み終えたのである。この本こそが私に活字を追うことの愉しさを初めて教えてくれたのである。

成人式を済ませ大学の三年生になったころからようやく読書を嗜む方法が身についてきて、本屋を漁ることが楽しくなっていった。その当時は、六〇年安保闘争として歴史に残こる学生運動はなやかな世相であったが、私はノンポリ学生（政治運動に参加しない学生のこと）を決め込んでひたすら読書に時間を費やした。なかでも岩波文庫を愛読したが、今もって忘れられないのがトルストイの「戦争と平和」を読み終えた時の感動である。戦場から負傷して帰ってきたアンドレイが、群衆の中にベズーホフ伯爵に嫁ぎ四人の子持ちとなったかつての恋人ナターシャを見つけた時に、「あれほど可憐であったナターシャも、今や多産の牝豚と化したか」と嘆く一節では、人の心を切り裂く戦争を憎む作者の叫びが聞こえてくるようであった。

私はこうして読書音痴を何とか乗り越えてきたが、だからといって音楽を聴くように本を嗜む人たちと同類になれたとは思っていない。つまり、小説の読み方は理解できそのテクニックも習得できたが、それで読書音痴から脱したことにはならず、依然として努力して本に向かう姿勢から抜け切れていないからだ。活字を追うスピードも比較にならないほど遅く、また一字一句を噛み締めていかないと理解が進まず、さらに油断をするとつい上滑りに陥っていく傾向からも今もって脱していない。だから、私にはいまだに斜め読みなどという芸当はとうていできないことなのだ。

「嵐が丘」を訪ねて

それから約三十七年を経た平成六（一九九四）年四月、私が五六歳のとき、英国中部の学園都市であるレスターで私の専門分野の集まりがあった。私はそこで報告を済ませたあと、ずっと脳裏から離れないでいる嵐が丘を訪ねてみたいと列車を乗り継いで出かけていった。羊毛で有名なヨークの街に宿を取った。ホテルのフロントで個人タクシーによるブロンテ・カントリーツアー（Bronte Country Tour）のあることを知り、さっそくそれを利用することにした。それほど高くない峠や谷をいくつも越えて約二時間でハワースという小さな町に到着した。タクシーを待たせたままそこのひなびた急坂を登っていくと、行き止まりに寂れた教会があった。その隣の小さな建物がブロンテ家のかつての住居であり、よく保存されて今はブロンテ博物館になっていた。ここが、約一五〇年前にブロンテ三姉妹が牧師の父と住み、孤独と病魔という苛酷な環境に耐えながら、それぞれが後世に残る大作を作りあげた所なのかとしばし感慨にふけった。

そこから南に広がる広大な丘陵（Moor・写真）は、四月末にもかかわらず荒涼としており、一面を覆うヒースの潅木が強い風に煽られて折れんばかりに傾き、これが冬ともなればばと空恐ろしく思われるほどであった。まさにWuthering Heights（嵐が丘）そのものだなと感じることができた。同時に、私に活字を追う愉しさを教え、それがその後の活動の原点になった曲がり角がここにあったのかと、一方で親しみに似た感情も湧いてきたのである。

ヒースの灌木の茂るハワースの丘

どんな医者になろうか

医師としての生き方として、私は最終的に臨床研究者という道を選んだ。そこに至った道のりには紆余曲折があった。学生の頃の私は真面目な医学生からはほど遠く、毎晩のように下宿の近くにあった縄のれんを分けて安酒に溺れる日々を過ごしていた。それは講義をはじめとする医学部の雰囲気が、そこを目指した高等学校時代のイメージからあまりにもかけ離れており、どこか馴染めなかったからである。講義に出てみても暗記物に終始するばかりで考えることの少ない内容が気に入らず、いつしか学校から遠ざかる有様であった。そして、昼中は岩波文庫などでロシアの古典を読みふけり、それに飽きるとパチンコ屋へでかける日々を過ごしていた。そんな不良学生であったのだが、病気の成り立ちについては人並みの興味を持っており、人が病むということはどういう状況なのかについて漠然と考えていた。

入学して四年目の医学部二年から始まった病理学という、病気の成り立ちやそれに対する体の反応などを学ぶ授業にようやく興味を持つことができた。それを教えてくれたある先生が決まって持参された教科書を近くの書店で求めたのがきっかけになった。その本は、ドイツのフライベルク大学教授フランツ・ビュッヒナーの「病理学総論」という大著で、これが教官から薦められたからではなく、自分で選んだ最初の医学書になった。アルバイトで得たお金を投じて購入した。ただし海賊版である。海賊版というのは、出版社の許可を受けずに原本を白黒でコピーして製本した廉価の本のことで、闇出版本といわれるものである。ドイツ語の専門書を読み続ける自信がなかったことと、懐具合とから海賊版を購入したのだが、読み進むうちにカラー印刷の原本を求めなかったことを後悔することになった。それに懲《こ》りて次に求めた同じ著者の「病理学各論」には大枚を投じた。現在も大切にしまってあるが、片方が海賊版で、他方が原本の二冊が並んでいるのを見るたびに当時が懐かしく思い出されるのである。

　冷暖房の禁止されていた下宿の四畳半で、辞書を頼りに難解のドイツ語を翻訳するがごとく遅々と読み進んだ頃が懐かしい。なかでも、臓器の発生の項と再生の項では、そこから得た知識をもとにいくつかのことを夜が白むまで考えたものである。思いはついに発がんの仕組みにまで巡っていった。そして、約一年をかけてようやく読み終えたが、そのころには医学を暗記の世界からではなく、科学のひとつとして理屈でとらえる習慣が身についていた。それを知ってから、私は考える医学に魅力を感じるようになったのである。今もってこの習慣は私の医療ばかりか生き様の骨子になっている。

医師としての曲がり角

私は卒業をしたら病理学を専攻して発がんの仕組みについて研究してみたい、つまり基礎医学者としての道を歩みたいと考えていた。当時の医学教育の仕組みとして、医学部を卒業するとそのあとで一年間の臨床実習をするように義務づけられていた。それをインターン制度と言った。私は長野県諏訪市にある赤十字病院でインターンを行った。ここは諏訪湖や霧ヶ峰などの四季折々に変わる自然に囲まれた美しい町で、地酒を嗜みながら地元の人たちの温かみとか豊かさを知るにつれて荒んでいた私の心は少しずつ洗われていった。そして、インターン生として患者さんを実際に受け持って治療に当たるうちに、とくに外科に配属されて手術のお手伝いをするようになってから、私は医師としての直接的な喜びや悲しみに晒《さら》されていった。自分のなすことがそのまま患者さんの延命に関わり、その不出来は患者さんの死にもつながることを教わったのだ。もともと人とのかかわりを大事にしてきた私には、それがとても新鮮に思われてきたのである。そして、外科の先輩から、お前は指先が器用だから外科に向いているぞと言われて悪い気はしなかった。

しかし、学生の頃に考えた発がんに関する発想が私の脳裏から離れることはなかった。そしてその頃から分子生物学という分野が拓かれ、遺伝情報などを保有する染色体の存在が脚光を浴び始めていた。一九五九年にダウン症が二十一番染色体の異常によることが突き止められた頃である。そんな情報を得た時の私は、そこから発がんの仕組みを捕えてみたいと胸躍る思いに浸るのであった。しかし、それをどこでなせばよいのか、相談できる人もいないまま迷い続けたのである。

ある時である。子宮外妊娠の手術中に出血が止まらなくなったので助けてほしいという依頼が婦人科部長から外科に届いた。外科部長に連れられて手洗いを済ませ、婦人科部長に代わって術創に立った。腹腔内に激しい出血を認めたが、外科部長は事もなげにそれを止めていった。しかし、患者さんはそれまでの出血から高度の貧血に陥っており、まさに瀕死の状態にあった。部長からは病室で輸血をするように命じられた。病室のガラス電球の光を頼りに輸血をするための静脈を探したが、患者さんの血圧が下がっていてなかなか見つけられなかった。最近のような塩化ビニール製の医療機器のない時代で、鉄製の輸血針を静脈に直接刺す作業はなかなか難しかったのである。しばらく悪戦苦闘をしてようやく一本のルートをなんとか確保できた。輸血用の血液がポトポトと体内へ入っていくのを確かめながら、「ああ、これでこの人は助かる」とホッと一息つき、心地よい充足感に満たされたのである。

こんなエピソードが私を臨床の深みへ誘い込んでいった。もちろんそれが契機になったわけではないが、私は迷った末に外科学を専攻し、やがて小児外科医の道へ進むことになった。今振り返ってみると、発がんを探るという当時に法外な野心に自分を重ねる勇気と自信がなかったことと、一方で、直接的な喜びの得られる臨床の魅力に引き寄せられたことが医師としての道を選ぶ曲がり角で、それを臨床研究者に決めた大きな根拠になったと思っている。

それから約四〇年間を、外科学の中でもマイナーの小児外科を専門として選び、しかも生まれつきの障害があるがために当時に奇形児と疎まれた赤ちゃんを外科的に管理する新生児外科へのめり込んでいったのである。

病を克服・待っているから

蝶形骨洞炎

いつごろからか正確には憶えていないが、おそらく五〇歳を過ぎたころからであろうか、疲れてくると頭痛を覚えるようになった。時には鎮痛薬のお世話になるほどになったが、大概は睡眠をとることで解決してきた。それが六〇歳を過ぎ病院の管理職についたころから、それほど疲れているとは思えないにもかかわらず、とくに右側の前額部に痛みが常習的に出てくるようになったのである。頭痛とともに現れた症状は、朝起きたときに、かなりの臭いを伴った洟汁《はな》が咽《のど》に降りてくるようになったことである。私は、子どものころから洟垂れでいつも二本蝋燭を垂らしていたが、それも小学校高学年のころにはなくなり、それ以降はすっかり忘れていた。それがこの年になって再燃してきたのだ。しかし、迂闊にもそのことを頭痛と結び付けて考えはしなかった。

常習的になった頭痛を和らげるために、右眼の淵を押さえたり、右前額部を包むように指圧したりして自分なりの工夫をしていたが、その効果は一時的で日が経つにつれて毎日のように鎮痛薬が必要になっていった。私はこの頭痛をおそらく三叉神経痛によるものだろうと判断していた。

平成一三（二〇〇一）年一〇月、私が六三歳の秋である。小児外科関連の小さな研究会が金沢市で開かれた。私が以前にこの研究会をお世話したことがあったので、お付き合いの気持ちで前日から出かけていった。ところが、当日の朝目覚めてみると、かなり激しい頭痛が絶えることなく襲って来ていた。その日は、孫の運動会を観るために研究会を途中でキャンセルして大阪へ行く予定にしていたが、あまりに激しい頭痛に学会どころではなくなり、全てをキャンセルして特急サンダーバードに飛び乗った。そして、なんとか大阪にたどり着いたが、その頃には思わず目頭を押さえたくなるような拍動性の痛みが絶え間なく襲い、それは時間とともに激しくなっていた。難波駅の構内で目薬を買って対応してみたが一向に治まらなかった。ふらふらになって堺市内の運動会場に着いたが、遊戯を観るどころか座っていることもできない程の痛みになっており、ついに桜の木陰に倒れるように横たわってしまった。そして、運動会の終わるのを待ちかねて息子の宿舎へ帰ったが、一向に治まる気配はなく、これは尋常ではないと感じられたので、孫たちが引き止めるのも断ってその足で帰ってきた。

一晩ゆっくり休めばよくなるだろうと考えてその日は早々に床についた。しかし、あくる朝目覚めてみると、痛みは治まるどころか頭全体に放散するようになっていた。そして、寝床からは出たものの身動きもできず、ソファーに座ったまま頭を抱えて固まっていた。家人はその姿に異常を感じたのであろう、受診を強く勧めてきた。私もようやく観念し、その日が日曜日であったので名古屋第二日赤の救急外来へ向かった。外来の受付で事情を話すと、おそらく脳梗塞などの病変を疑ったのであろう、頭部CT検査の手配をしてくれた。若い、おそらく研修医と思われる担当医が出来上がった写真を見て、「脳出血や脳梗塞ではありません。よかったですね、とりあえず鎮痛薬を出しますからお帰りください」といわれた。そんな病気ではないことぐらいは私にもわかっており、頭痛の激しさから原因も明らかにされないまま帰るのはいかにも不安であったので、入院させてくれるように強く訴え半ば強引に入れてもらった。

病室のベッドに横になるとそれだけで安心できたのだろうか、痛みも心なしか和らいだように思われた。そして一晩を何とか過ごすことができた。翌朝一番に院長の訪室を受けた。彼はしきりに寝違いだろうと話され、「枕が合っていないとこうなるのだ」と主張された。私は半ばあきれて聞いていたが、彼が母校の野球部の先輩であったので抵抗もできず、「そうですね」とうやむやの返答をして上辺を繕った。

院長が帰ったあとすぐに、神経内科部長のA先生が訪室された。そして、「昨日撮ったCTの写真で大脳の陰になっている頭蓋底の一部がどうも気になる。だから、もう一度、今度は頭蓋底に焦点を合わせて撮ってみたいのですが……」と言われた。その昔、先輩に「写真の隅に病変がある。真ん中ばかりを見ていると見落とすよ」と教わったことがあるが、私は部長のお言葉に曙光を見た思いであった。はたせるかな、頭蓋底が正面に出るような体位で撮影された写真には、ポンポンに腫れあがった蝶形骨洞が写されていたのだ。部長は、それを見てただちに蝶形骨洞炎という診断を下され、頭痛の原因もそこにあると断言された。私は、彼の説明から、頭痛は蝶形骨洞に溜まった膿《うみ》が内面から壁を圧迫するために生じており、また、臭いのある洟は浸み出してくる膿から発せられていると理解できた。部長は原因を突き止めたことに安堵されたご様子で、耳鼻科の診察を依頼された。

耳鼻科での診断と手術

蝶形骨は頭蓋底の真ん中にある蝶のような形をした土台骨で、その中がくりぬかれて空洞になっており、そこを蝶形骨洞といって副鼻腔の一つになっている。空洞の内面には粘膜が貼られており、その中に溜まる粘液は小さな孔を通して後鼻腔に排泄される。また、この骨の上面はくびれており、そこをトルコ鞍といって脳下垂体を容れている。そしてその周辺には視神経が交叉しながら走っており、頭蓋の中でも大変混みあった場所なのである。

その日がたまたま耳鼻科部長のH先生の新患外来日であった。最後の新患として診察台に座ると、彼はすぐに細い内視鏡を鼻から入れて後鼻腔を観察された。そして、「塞ぎかかった排泄孔を通して蝶形骨洞からわずかずつ膿が滲み出ているが、周辺は全体に赤く腫れあがっており、CT写真と合わせて蝶形骨洞炎に間違いありません。もっと早く来ないといけなかったですね。洞内に溜まった膿で長い間圧迫されていたために、洞の壁面が少しずつ削られて薄くなっており、いつ破裂してもおかしくない状況です。そもそもの原因は後鼻腔に通じる排泄孔が狭くなって詰まって来たことにあります。したがって、できるだけ早く手術をして孔を広げ、内容を排泄しやすいようにしてやらないといけません」と一気に話された。明快で論理的な解説である。私はその場で手術を承諾した。

手術のための検査や先生の日程調整で数日を要し、結局、入院後七日目に手術を受けることになった。前日に訪室された先生は、「手術は内視鏡下で行うこと、したがってメスは入れないこと、麻酔は鼻腔に麻酔薬を噴霧して行うこと、鼻中隔弯曲症（鼻骨がどちらかに曲がった状態）もあるので内視鏡が通りにくかったら、弯曲症の手術を先に行うこと」などを話された。

いよいよ手術の当日になった。朝から看護師があわただしく出入りし、着替えやら投薬やらを行っていった。そして、午後一番の手術に備えるために、お昼過ぎに鎮静薬と安定薬の注射を受けた。意識はしっかりしているが足もとが危なかしいということで、ストレッチャー（搬送用ベッド）に乗せられて手術室へ向かった。家人は一言だけ「待っているから」と言った。自分が外科医なので手術場の雰囲気はわかっており、別に恐怖はなかったが、それでも居並ぶ耳鼻科の面々に「お願いします」と言って手術台に登る時にはわずかに緊張が走った。H部長はすでに手洗いを済ませて術衣をまとっておられ、「片方の鼻孔から内視鏡を入れて覗きながら、他方の鼻孔から手術用の機器を入れて操作します。苦しくなったら言ってください。それから、脳の中のかなり細かな部分の手術ですから、もし、眼が痛いとか何か異常を感じたら言ってください」と言われて、すぐに手術を始められた。最初に両方の鼻腔に局所麻酔薬がたっぷりと噴霧された。途端に全ての痛みは消えてしまった。

術前からわかっていた鼻中隔の彎曲がかなり強いようで、そちらの手術を先にすることになった。そのように告げられてから、ノミでカツカツと骨を削る音がしばらく聞こえてきた。「これで通るね」と言うH先生の呟きから彎曲症の手術の終わったことを知った。

いよいよ本番である。先生は再度、「何かあったらいつでも言ってください。とくに眼が痛いときは我慢してはいけませんよ」と念を押された。内視鏡で覗きながら、小さなキリで排泄孔を広げる操作をされているのであろうか、しきりに「大丈夫ですか、眼は痛くない？」と聞いてきた。「はい、大丈夫です」とその都度答えていたが、そのうちに、「はーん、これは私の知覚をモニターにして安全を確認しているな。そのために、意識を失わない局所麻酔を使ったのか……」と術者の思惑がわかってきた。

どのくらい経ったあとであろうか、ついに細い吸引管が排泄孔から蝶形骨洞に入ったとみえて、溜まっていた膿を吸い出す作業が始まった。「気持ち良いほど出ますね」という助手の女医さんの声と、わずかな陰圧を脳の奥に感じたことからそれを理解できた。ああ、これで頭痛から解放されるという喜びがしみじみと湧いてきた。その後も排泄孔を広げる操作が続けられ、最終的に内視鏡が直接入るまでになって手術が終わった。

ガーゼ交換に泣く

鼻中隔弯曲症に対する手術後の止血を目的に、ガーゼタンポンを両方の鼻腔が完全に塞がるまで詰め込まれて帰ってきた。そのために口呼吸を強いられることになったが、意外に早くそれに慣れていった。そして、頑固な頭痛から解放された喜びに浸りながら三日間を過ごした。

今日はいよいよガーゼタンポンを入れ替える日である。病棟にある診察台に乗せられて、タンポンを取る作業が始まった。予想はしていたが、おそらく二〇枚以上の短冊状のガーゼが詰め込まれており、それを一枚いちまいと取っていくのだ。もちろん麻酔はかけられなかった。はじめの数枚は何ともなかったが、奥に行くにつれて貼り付いている粘膜から剥がすときに激しい痛みが生じた。体の前に合わせた手の爪を他方の手の指に突き立てて痛みを作り、それで紛らわしながらなんとしても声を出さないように我慢していたが、意思で止められない涙が自然と頬を伝わった。全てのタンポンを取り除いたあと、内視鏡で観察され、まだ出血があるからと新しいタンポンが詰め込まれた。そして二日後に同じ作業がなされ、結局、三回のタンポン止血でようやく出血から解放された。これが頭痛から解放される最後の試練ととらえて我慢したが、正直、耐えられない痛みであった。

手術から八日目にタンポンは完全に除去され、部長先生の最終診察に合格して退院できた。それから約一年間を外来で追跡され、排泄孔が十分の大きさで維持されていることが確認されてようやく病院から解放された。

この曲がり角を契機に私の健康は見違えるほどに回復していき、コロニーを時代に合わせて再編するという大役を曲がりなりにも全うできたのである。ひとえにA先生の診立てとH先生の匠の技があったからだと感謝している。

身につまされる・組織の再編

愛知県心身障害者コロニー開設の理念

昭和二六（一九五一）年から愛知県知事として二十四年間を務められた桑原幹根は治水事業や港湾開発などの土木工事をはじめ、多岐にわたる施策を次々と繰りだして県民の期待に応えた。その中にあって、復興を優先するがあまり社会の片隅に取り残してきた障害のある人たちの救済にのり出し、彼らを対象にした集落（コロニー）を造ってそこに居住させ、医療、療育、教育、授産などが受けられるようにすると同時に、研究機関を併設して原因の究明、治療法の開発と予防などを行うという大構想を練り上げた。

そして、一九六八年に二つの児童施設を開設したのを皮切りに、一九七〇年には中央病院を開院し、以降も数年を費やして教育や療育、研究などの分野を積み重ね、都合十一の施設からなる東洋一の総合福祉施設を完成させた。この理念は、あくまで崇高であり、当時の社会に画期的であるのみか衝撃的ですらあったと思われる。

移りゆく認識の変化

それから三十数年を経て二一世紀に入ると、社会の認識は、障害のある人たちを「保護する」としてきたそれまでの通念から大きく前進した。そして、彼らを人として尊敬し、地域ないし家庭で受け止め、そのうえで自立の道を提供するのが良いとする考え方に変わったのである。それは、施設に入ることを措置入所と表現してきた文言が、個人の意思を反映する契約利用に換えられたことからも明らかであった。そういった新たな認識から捉えると、大集団構成型の施設に長期に入所させ、多機能を有するコロニー（集落）を形成するという体制はすでに旧態になっていったのである。つまり、障害のある人たちを社会から隠すように施設等に預けるのもやむを得ないとした考え方から、彼らを地域で受け止め、同時に、支援施設等を充足して自立共生させることの方が本人のみでなく家族の幸福にもつながるという認識に変わってきたのだ。

一方、医学的認識もこの三十数年間に大きく変化した。すなわち、コロニーが開設された当時では、障害の内容が身体的であれ知的であれ、それらをもたらす原因の大部分は不明とされていた。しかし、一九九〇年ごろから障害の発生を捉える学問が発達し、相当数で原因を同定できるようになった。それらには染色体異常や遺伝子変異から、胎生期や周産期の事故、さらに生後に獲得した病態までが含まれている。とくに分子生物学の発展は障害の多くが遺伝子変異によっていることを明らかにした。かつて不治の病とされた結核が結核菌による感染症であったことが突き止められてから、その治療法と予防法が急速に開発されていった歴史的事実がある。これを遺伝子変異に乗せて考えると、原因が明らかにされた障害はやがて狙ったゲノムの場所を再編して治しうる、つまり疾病としてとらえられる道筋がすぐ近くに見えてきたのである。すでにクルスパーキャス9という遺伝子再編技術が活用される時代に入っているのである。

さらに加えて私自身の認識にも変化があった。コロニーへ就職した一九七〇年当時の私は、先天異常の子どもたちを、「治療が大変難しく助けること自体が困難で、たとえ救命できたにしても何らかの後遺症（障害）が高率に残るので積極的な治療は考えものだ」、という見方で捉えていたように思われる。ところが、この分野で先を行く英国のある教科書を通読してみて、私の認識がとんでもない誤りであったことに気付かされたのだ。つまり、英国での治療成績が私の予想をはるかに超えて優れており、そこから「助けることが困難で……」という捉え方が愚かな思い込みであったことを知らされたからである。そして実際に臨床をこなす中でそれらを実証できたことから、障害のある人たちの捉え方も根本から改まったのである。これは私にとって大きな曲がり角であった。

施設にいる人たちの本心

その当時のコロニーには知的障害者更生施設があった。それを創った本来の目的は、知的に障害のある人たちを更生して社会へ復帰させることにあった。ところが、現実にそこまで更生できる人はごく限られており、年数を経るにつれていつしか彼らの生活の場になっていった。どうしてかというと、それは本人に重い障害があるがために社会復帰は困難であるという切ない事情もあったろうが、それよりも当時の社会には、障害のある親族を隠すように施設に預ける、つまり、弱者犠牲の考え方が根強く残されており、それが家庭への引き取りを拒む本音になっていたからである。

事例1　H君はまだ三十歳台半ばの重度の入所者であった。極端に吃《ども》る癖があり、それを恥じるように人との接触をいやがった。いつも一人で行動し、コロニーの敷地内を小さく独話しながら歩き回っていた。

私は回診などで日曜日にも病院へ行くことがあったが、コロニーの入り口にあるバス停に決まってH君のいることに気がついた。いつの時か、「H君、ここで何をしているの？」と尋ねてみると、彼はおぼつかない言葉をつなぎながら、「お、お父さんが、く、来るから、ま、待っている」と言った。やがてバスが到着してもお父さんの降りてこないことを見届けると、彼は肩を落としてどこかへ去っていった。

H君の実家は遠く離れた三河の山奥にあった。コロニーへ行こうとしても、約三時間をかけていくつかの列車やバスを乗り継がなければならないのだ。そのうえ、お父さんには持病があってそんなに足繁く来られなかったのである。それでも、息子のことが気にかかるのか、コロニー祭りなどのイベントがあると、息子の衣類と思われる風呂敷包みを抱えお父さんがバスから降りてきた。その時のH君は、日ごろの無表情の振舞いからガラッと変わり、ニコニコと笑顔をこぼしながら受け取った包みを抱えて、ゆっくり歩く父をいたわるようにその後を進むのだ。そして、祭りの会場に着くと、お父さんを自分の席に座らせ、自分に与えられた交換チケットを惜しげもなく使って焼きそばやおでんなどをかいがいしく運ぶ。まさに慈烏反哺《じうはんぽ》の姿そのものなのである。

私がお父さんに近づくと、年老いた彼は、ぜいぜいと苦しげな息をつなぎながら、「遠いし、持病があってなかなか来られないが、日ごろからこの子が不憫でならない。だからと言ってどうしようもないのです。どうかあんじょう頼みます」と頭を下げられ、続けて、わざと口調を変えて、「先生の言うことをきちんと守っておとなしくしていないと駄目だぞ」と息子をたしなめられるのだ。H君はお父さんの横にしゃがんだまま、親に構ってもらえるのがうれしいのかよだれのこぼれそうな笑みを浮かべて何度もうなずいていた。これが、H君がどんなにか待ち望んだ日の情景であり、彼が心の内を赤裸々に開いた瞬間なのである。

やがて帰りの時間にせかされるようにお父さんが腰を上げると、H君は途端に寂しげなしぐさになったが、それでも気丈に支度をして父をバス停にまで送っていった。そして、自分も一緒にふるさとへ帰りたい衝動を懸命に抑えて、むずかることもせずに父だけを乗せた。自分がここに留まらないといけない事情を十分にわかっているようであった。お父さんは座席から真っ直ぐ前を見据えたまま振り向くことはなかった。

事例2　コロニーでは、施設間の親睦や家族との触れ合い、それに地域の人たちとの交流などを目的に毎年一回、お祭りが催される。それに合わせて各施設が用意した出し物で祭りを盛り上げるのだが、決まってなされたのが写真展であった。ある年のことである。学童の入所（寄宿）施設からもいく枚かの写真が紹介されていたが、私はその中のある写真の前で足がすくむほどの衝撃を受けた。いたいけな学童が机にもたれるようにして手紙と思われる文章を綴っている写真であったが、その文面が心に突き刺さったのだ。

「おとうさんおかあさんおげんきですか。あしたみんなきてください。よいこにして……」と読み取れたからである。入所する前に家族から「良い子にしていないといけないよ、でないと面会に行ってあげないから」と言い含められていたのであろう、それをちゃんと守っているから会いにきてくれとせがんでいるのだ。なんとも身につまされる文章であった。

コロニーの再編へ動き始める

こういった事例をいくつか体験するなかで、私は、彼らはここにいて本当に幸せなのだろうかと素朴に感じるようになった。そして、彼らは家族のために辛抱を重ね、心を閉ざして生きているのに違いないと思えてきたのである。これが私に、「コロニーはこのままではいけない、家が難しいのなら地域で受け止めるような改革をしなければ」と決心させた直接的な背景であったのである。

私は二〇〇二年一一月に、「愛知県心身障害者コロニーの改革に関する私案」という四十枚の論文を本庁の担当部長へ提出した。それは管理者としての大きな曲がり角であった。

それを読んで部長は、これを骨子にしてコロニーを再編すると言ってくださった、そして愛知県は、二〇〇三年度から障害のある人たちに対する新たな考え方に基づいたコロニーの再編計画に着手したのである。そして、私も参加させていただいた準備委員会は、二〇〇七年三月に「愛知県心身障害者コロニー再編計画　最終案」を知事に上申して承認された。この大役を終えて私は退官した。その後の経緯の詳細は知る由もないが、二〇一六年度に重症心身障害児施設（こばと学園）が建て替えられ、続いて二〇一九年に全体が愛知県医療療育総合センターと改称して再編されている。

第二章　移りゆく医学・医療

心が免役を操る

一七世紀に活躍した哲学者のデカルト（一五九六―一六五〇）は有名な心身二元論を提唱した。つまり、心と体とは相いれない独立した実態であるというのである。「われ思う、故にわれあり」と言い、人の本質は心にあり、体は心から離れたところに独立して存在するとした。しかし、一九世紀に入ると、ニーチェ（一八四四―一九〇〇）らは、「人間が思うことができるのは、体があるから可能であり、心身の相互性を抜きにした理念は成り立たない」という考え方に立って、既存の二元論の矛盾をついている。つまり心身一元論である。このように精神と身体の関連に関しては、哲学者の間ですら考えの大きく異なった歴史上の経緯がある。

哲学的な論争はさておき、医学は一九世紀の後半から大きく展開した。そこには細菌学の発展が強く関わった。かつて中世のヨーロッパに大流行し、人々を脅かしたペスト（黒死病）という疾患は、その原因のわからないまま祟《たた》りとしてとらえられた。だから人々は必死に祈って先人の許しを乞うたのである。一九世紀の結核も同様であった。治療法の見つからないまま、祈りもむなしく数多くの有名人がこの病で亡くなっている。そういった中で、一八八二年にロベルト・コッホによって結核菌が発見され、結核が外敵の侵入による疾患であることが明らかにされたのだ。この事実は、人々に病に対する考え方のみならず生き方すらも変えさせるきっかけになった。つまり、病気を心から離して科学の現象として捉える方向になっていったのだ。これこそが近代（西洋）医学の幕開けなのである。それ以降、西洋医学はもっぱら数値を重視した機械的な見方、つまり、所見（finding、ファインディング）や証拠（evidence、エビデンス）を何よりの根拠として病気をとらえるようになっていったのである。

一方、病気に対する人の心（精神力）はどういう位置づけになっていったのだろう。エビデンスを根拠にして進められる西洋医学の中にあって、確固とした証拠の得られることの少ない心は、科学としての位置づけから遠ざけられていった。そして、西洋医学の始まる前にあった祈祷やお祓いといった精神力に結びついた治療手段も次第に顧みられなくなったのである。

免疫機構からみる近代西洋医学の発展

前述したようにコッホによって結核菌が発見されたのが一八八二（明治一四）年である。それ以降それまで原因のわからなかったいくつかの疾患が、実は結核と同じように外敵の侵入によって引き起こされることが明らかにされていった。原因をつきと止めた後の科学者の目標は治療法の開発である。結核菌の発見から四十七年が経った一九二九（昭和四）年にアレクサンダー・フレミングによって抗生物質ペニシリンが発見され、それが感染症に対して劇的な効果をもたらした。そこから人々はあきらめていた結核などの病気から蘇る希望を持てるようになったのである。これもまた人類にとって極めて大きな転換点になった。それは今からわずか九十五年程前のことである。

それ以降、西洋医学はまさに飛躍的な発展を遂げた。細菌学はもとより、分子生物学やウイルス学から病因を探り、電子顕微鏡や各種の放射線医学、さらに種々の医療機器の開発などがあって、エビデンスを根拠にした医学がまさに隆盛を極めたのである。その中に人の有する免疫機構に関する研究もあった。つまり、細菌などの自分にとって不利益な敵と出くわした時の体の反応機構を解明する学問である。

人には上皮障壁といって、皮膚、呼吸器上皮、消化管上皮、膣や眼球、などの外界と接する部分の上皮がそれぞれ巧みな構造を整えており、それらによって外敵が体内へ入らないように立ちはだかっている。これが最前線の免疫機構なのだ。

それらの障壁を破って外敵が体内へ侵入した時の反応は、極めて複雑であり、今もって十分に解明されているとは言えない。古くからそこには白血球のうちの好中球が主役をなすとされてきたが、近年になってそれも大切ではあるが、それにも増してリンパ球が重要な働きをなしていることがわかってきた。そして、同じリンパ球にも異なった機能を担う少なくとも六種類のあることが明らかにされた。これらの細胞群が外敵の侵入を常に監視し、それを感知すると担当するリンパ球を動員して戦うのである。

さらに、外敵のみではなく体内で新たに生じる不利益な物質に対する監視も行っているのだ。つまり、人の細胞は一定の周期で機能を失い、新しいものと入れ代わる作業を繰り返しているが、その作業中に本来の細胞とは異なった細胞になってしまうこともありえるのだ。この異種細胞（内敵）の最たるものががん細胞であるが、それが発見されると、リンパ球の一種であるナチュラルキラー細胞が攻撃して破壊する作業も担っているのである。

以上の簡単な解説から、人の免疫機構は外敵と内敵の両方に対応しており、それぞれの好不調が疾患として表現されるのである。例えば、外敵に対して必要以上に反応してしまうものとして花粉症などのアレルギーが挙げられる。一方、免役対応が鈍く外敵が勝れば種々の感染症を招くことになる。そして、内敵に関しても、体内の物質に対して必要以上に反応してしまうのが最近注目される自己免疫疾患であり、反応の鈍い状態からはがんの発生をあげることができよう。

心（精神力）が免疫を操る

これらの西洋医学の著しい発展の傍らで、免疫機構は体内で独自に活動しているのではないことが明らかにされてきた。つまり風邪を引くなどの同じ状況に陥っても人によって反応（経過）の異なることがあり、その理由を考えるところから始まった医学である。そこから人の免疫機構の活性は上述した直接的な作業のみではなく、心（精神力）とも連なっており、それが免疫反応を操っているという考え方が生まれたのである。古くから病は気からとか、油断していると風邪を引くといった言い回しがあるように、人びとは、心の状況が病に対する反応に強く関わっているのではないかと感じてきた。とくに心身症と診断される状況、病名としては消化性潰瘍、リュウマチ、潰瘍性大腸炎、喘息などの一部は身体的な不調として表現されるものの、実はその真の原因はストレスなどの精神的な不調にあるのだろうと思われてきた。しかし、それを裏付ける証拠を示すことができなかったがために、エビデンスを重視する西洋医学に受け入れてもらえなかったのである。そこで、心（精神力）が病の治癒力に重要な影響力を持つと信じる研究者たちは、それまで観念的であった心の状況を西洋医学の手法を用いて証拠として示すことからその影響力を明らかにしていった。つまり、心の免疫系への干渉を証拠（エビデンス）として捉えようとする医学が目覚めたのだ。

脳の奥深いところに辺縁系と称される部分がある。ここはいわば生命のコントロールをしているところである。具体的には、睡眠欲や食欲といった本能、視力、聴力、嗅覚、味覚、触覚などの感覚、怒りや悲しみ喜びといった感情、そして、心臓や消化管や血管などの機能を自動的に司る自律神経や各種のホルモン、さらには記憶といった生命現象の中枢なのだ。そこに入ってくる情報を察知して生命活動を調節する指令を発信しているところである。免役機能に関しても、例えばある外敵の侵入を知らされると、辺縁系の視床下部から胸腺ホルモンのサイモシンの活性を高める指令が出され、それを受けた胸腺がリンパ球を成熟させてそれを血中へ移行させる反応を起こす。そして、自律神経を介して外敵の侵入した局所への血流量を増加させ、さらに免疫反応をしやすくするために体温中枢を刺激してそれを上げさせるのだ。

このように免疫反応は細胞群の独自の活動だけではなく、生命現象の中枢と強く連なっており、その辺縁系には感情や感覚といった心に関わる中枢もあって、それらと自律神経やホルモン中枢が密接に連絡し合ってお互いの情報を交換しているのである。

こういった理解の深まるにつれて、体の末梢で繰り広げられる免疫反応が中枢と結びつき、そこが心と繋がっているがゆえに、その影響を受けるのだろうと考えられるようになってきたのである。その仮説を具体的な証拠として示そうとする医学を精神神経免疫学（PNI）と称して米国などで盛んに研究が進められている。たとえば、実験動物にストレスを付加するなどの異なった精神状況を作って、そこへなんらかの外敵を付加した時の反応を免疫細胞群の数値でとらえると、ストレスのかかった動物では明らかにそれらが減少していた。また、人に対しては高度のストレス——よく用いられる環境は戦場である——、そこに置かれた人たちは、そうではない人たちに比べて免疫細胞群が明らかに低下していた。さらに、精神的に落ちつける環境、例えば教主に癒される信者や、信頼できる医師の言葉を聞いた患者などの免疫力はそうではない人と比べて明らかに高まっているといった証拠を示すことができたのである。

これらの知見から、人の免疫力はそれを直接的に行うリンパ球などの細胞群の単独行動ではなく、それを促したり抑えたりする中枢が脳内に存在し、かつそこと精神（心）とが密につながっているという仮説を立証できたのである。

精神力の治療への応用と私の体験

人が有する免疫力が、その人の精神状況と強く結びついているという理念を基盤にしたいろいろな治療手段がある。体系づけられたものとしては、バイオフィードバック法やリラクゼーション法、催眠術などが知られており、いずれもが心の安定を拠り所にした治療法である。また、人の心を鼓舞してそれによって免疫力を高める手段として、暗示や信仰などがある。よく使われる実験に、風邪を引いた学生に対して、「さあ君はもう治った」という暗示をかける手法がある。暗示をかけられ、それによって風邪の収まった学生の免役数値が明らかに高まっていたことから、暗示が心の安定につながり、それが神経を介して胸腺を賦活化させるのだろうと考えられている。

さらに、偽薬（効果の知られた薬に似せて作られた根拠のない薬）による実験もある。同じように風邪を引いた学生に対してある偽薬を投与し、これで風邪は治ると言い含めた。すると、上がるはずのない免役数値が上昇していたのだ。これは偽薬がそうさせたのではなく、薬を信じた心が免疫系を賦活化するからだとされている。

さらにまた、祈祷や精神療法によってがんを克服したという話は、時に聞かされることである。その良い例として信仰があり、それによって勇気づけられ希望を持つことが、免疫系を賦活化させてがんを攻撃するナチュラルキラー細胞を活性化するからだろうとされている。こういったいくつかの証拠から心の安定に重きを置いた民間療法が見直されてきており、全てとは言わないまでも、やがて理論づけて体系化されていくと思われる。


今からわずか七〇年程前の私が小学生であった昭和二〇年代の話である。私の母は昭和六（一九三一）年に東京女子医専、現在の東京女子医科大学を卒業したその頃には稀な女医であった。時代背景からすると、一九二九年にペニシリンが発見されて結核などの感染症に対する治療法に明るい兆しの見え始めた頃である。母はそのニュースを学生時代に知り、新しい西洋医学に魅せられ、そして勇気づけられたことであろう、それが彼女の医療の糧になっていたはずである。しかし、それでもって日本の医療環境の全てが西洋医学に取って代わったわけではなく、一方で旧来のお祓いや祈祷といった慣わしも生き続けていたに違いない。母はいわばその狭間に生きた人であった。

私が小学校へ入学した昭和二〇（一九四五）年頃の世相は終戦直後のまさに混乱期で食

べるものにも事欠いた時代であった。芋の蔓《つる》やせいぜい雑炊が食卓に並んだ。私はおやつ代わりに椎の実や椋の実を取って食べていた。栄養状態が悪かったのだろう、私はしばしば風邪を引き、その度に高熱に侵された。そんな時に見せた母の反応は、小児科医であったにもかかわらず、「梅干しとひまし油」を服用させ、これで治ると言い含めたのである。すると三〇分も経たないうちに腹中の消化物の全てを失う程の排便を来した。梅干しは、その後の口直しと塩分の補給であった。そして不思議にもそれで治ることが多かったのである。

私の病状がそういった荒治療にも抵抗すると、母は同じ小児科医である父を差し置いて、家に出入りしている神主を連れてきた。そして、私の寝ている布団の周りを塩で清め、榊《さかき》を振り回しながら祈祷が始まったのである。母は神主の隣で手を合わせて何やらしきりにつぶやいていた。神主が帰ると母は私にこれで治るからと言った。

さらに、子どもの病が続いたり、家に泥棒が入ったりして不幸が襲った時には、先祖の教えを乞うために、豊川市にあった女性霊媒師を訪ねることもあった。私も連れられて行ったが、きらびやかな祭壇の前で霊媒師によって先祖を呼び出していただき、最近の不幸の故を質《ただ》した。そして、ここがどうなったからその祟りが来ているのだと教わると、それを正したのである。

ある時に妹の発熱がどうしても下がらないことがあった。その時の先祖の教えは、最近小さな普請をしただろう、そのお祓いを済ませていないからだと言われた。そんな普請はしていないと訴えると、霊媒師は家の庭に小さな小屋が見えると申された。それは私が古材を使って見よう見まねで造った犬小屋を大きくしたような小屋であった。ただちにそれを解体すると妹の発熱がサーッと引いていったのである。

これらの事実は母の心には、新たに学んだ西洋医学を信ずる傍ら、子どもの頃から見聞きしてきた心霊術などの心を頼りにした治療法を信じるところもあったことを物語っている。それが今からせいぜい七〇年前のことである。この霊魂の世界を医学として体系化することはことさら難しいと思われるが、少なくともその存在を信じるところが精神（心）の安定と繋がっているのだろう。

科学の急速な進歩は、地球を破滅させるだけの技術を構築してしまった。その中で人々の考え（政治）は抑制のきかない程に入り乱れ、個々が心の安定を保つことの難しい時代になった。一方で、細菌やウイルスは世代ごとに姿を変えて虎視眈々と人の世界へ侵入しようと構えている。それはあたかも人の心の乱れを衝いているようにも思われる。心の安定が免疫力を高める大きな要素になっていることを知るにつけて、それを基盤にした豊かな生活こそを是とする世の中になっていかないと、滞積するストレスによって精神がかき乱され、それが免役力を低下させるが故に、それを待っていたかのように外敵や内敵に侵される時が来るのではないかと案ぜられる。

移りゆく男女のとらえ方

日本人の出生数が急速に減少している。これを年次別に見てみると、私が小児外科医として現役であった前世紀後半の一九七四年には二〇三万人が生まれていたものが、その翌年から合計特殊出生率（出生力を表す統計。一五～四九歳までの全女性の年齢別出生率を合計したもので、その年の出生率を意味する）が二・〇を下回り、同時に出生数も漸減していった。そして、三十五年後の二〇〇九年には一・三七まで低下し、出世数も一〇七万人と当時から半減した。この傾向に歯止めがかからず、二〇一九年にはついに八九万人（合計特殊出生率は一・三六）にまで低下し、さらに二〇二一年は出生率が一・二七になって八〇万人を下回ると予想されている。これらの資料からも日本における少子化現象は明らかであり、将来の国力の維持に重大な影響をもたらすと懸念されている。この進行する少子化現象に対する政府のとらえ方は、子どもの養育にお金がかかり、また働く女性の負担が増すからだとして、そこに予算を付けて、言い換えるとお金を付与することで改善しようとしている。はたしてそういったちょっと的外れのとらえ方で良いのだろうか、もっと根本的な理由があるのではないかと考え、若干の考察を加えてみる。

子どもをつくる生物学的な理解

子どもをつくることに関する生物学的な理解は、動物の性欲という大脳の前頭葉に中枢のある本能に基づく最も基本的な作業とされている。つまり、食欲とか睡眠欲という絶対的な本能に並んで性欲があるのだ。それは子孫を絶やさないためにどの動物にも付与された仕組みなのである。

食欲や睡眠欲を含めたこれらの本能は単に前頭葉の機能だけで駆り立てられるのではなく、辺縁系と言われる大脳の奥深くにあって生命の基本的な機能を司っている部分と連なって成立している。辺縁系とは脳室を取り巻く部分の総称で、喜び、悲しみ、怒り、不安、恐怖などの感情や、視覚、聴覚、味覚、嗅覚、触覚の五感と内臓知覚、痛覚、平衡覚などの感覚、そして記銘、見当識、計算力、認知力などの記憶、それに血圧、心拍数、内臓機能などを司る自律神経、さらに下垂体系のホルモンなどが関与している部分である。したがって辺縁系の変調、例えば、過度の感情の高まりや、味覚や嗅覚からの感覚の変化が一方で睡眠を妨げ、他方で食欲を減退させるといった本能の不調に直接的につながっている。本能の一つである性欲もまた好き嫌いといった感情や、その日の体調を司る自律神経などの生命の基本的な機能と深く結びついている。

性欲という本能は動物の意識のうえに、オスはお気に入りのメスに子どもを産ませたい、メスはたくましいオスの子どもをつくりたいという形になって表われる。これはどの動物にも見られる現象で、オス同士の戦いや特技の披露などのいわゆる求愛行動を経て、多くの動物でメスに選択権のある性行為が成立する。この求愛運動から性行為に至る一連の行動を発情と称するが、それは動物の種によってその頻度や発現時期が異なっている。一般に年に一度とか、子離れした後とかに発情期が訪れるとされている。

一方、人間の発情期とはいつであろうか。生物学的には、卵巣内の卵胞の成熟により発情ホルモンが分泌される時期（濾胞期）に続いて、卵胞から成熟卵が排出される時期（排卵期）が動物としての発情期とされている。そして、この時期が、そのあとの発情ホルモンの分泌が停止する期間（黄体期）を含めておおよそ二十八日周期で繰り返されることから、月に一回の発情期、すなわち受胎可能の状況が巡ってくるとされている。

子孫の繁栄につながる性行為を普遍化させ、それを促すために、どの動物にもそこから快楽が得られるという特典が付与されている。そして、他の動物の性行為が発情期に限って促されるのに対して、人間は発情期とは関係なく、あるいはかすかに関係しているかも知れないが、それを行うことができる。ここが人間の他の動物と最も異なっているところと思われる。

性行為が成立し、それが排卵期に一致していると受胎という現象に至る。つまり妊娠である。そして、人間の場合はおよそ二八〇日という窮屈な在胎期間に入る。この間の女性はわが子を得た、わが味方を得たという喜びと満足感で満たされるという。そして、関心は産まれてくる子どもに移り、男性の気を引かせるお洒落などは二の次になっていくという。やがて産気づき苦しい分娩を経てわが子を獲得する。すると、脳下垂体から乳腺分泌ホルモンが出始め、乳房は固く張って乳汁を分泌するようになる。赤ちゃんは乳房をまさぐる中で母の温みと体臭を知り、これが切っても切れない母子関係の絆になっていく。一方、母親は次世代をつくれたという喜びと最高の味方を得て何にでも立ち向かう勇気と強さを獲得する。それが育児の基本になる。そして、子を気遣う細やかな気配りをしつつ、いかなる敵からも子を守る力を発揮する。子連れのメス猪は猟師の銃をも恐れずに向かってくるという。

こういった受胎から出産を経て育児にいたる女性の半ば本能的な行動が、何によって促されているのかに関する生物学的な解明はなされていないが、おそらくホルモンを中心にした体内に生じる何らかの確かな変化に基づいていることに間違いはないであろう。

一方男性は、わが子を得た喜びが生活の張りにはなるものの、少なくとも体調に明らかな変化が生じることはない。

本能に知性の介入

どの動物にでも認められるいわゆる発情から受胎、そして出産から育児に至る一連の行動が性欲という本能に始まっていることは理解できるが、人間の場合はそこにより複雑な〝知性〟という修飾要素が絡んでくる。それは知性を司る他の動物よりもはるかに大きい大脳を備えており、それが本能に基づく一連の行動に介入し干渉してくるのだ。そしていつごろからとは規定できないが、性行為によって快楽を分かちあうことと、懐妊して子どもを産み育てることとを区別してとらえる手段を考え出してしまったのだ。つまり、快楽を得ても妊娠はしない手段を獲得したのである。昭和の初期に発案された女性ホルモンの周期に合わせた荻野式という画期的な避妊手段が知られている。また、物理的に受胎を妨げる手段として種々の避妊具も開発されてきた。これらの手段によって性行為は、好きな時にいくらでもできるが妊娠はしないという状況を作り出すことに成功したのである。これは他の動物には認められない人間独自の状況なのである。

これらの避妊手段の導入は、女性の生き方に大きな変化をもたらすことになった。つまり、好きな人ができ、動物の本能としてその人と性欲を満たしあい、その先に子を産みたいと思ったとしても、今は性欲を満たすことに留め、受胎を避けて子どもは作らないという分離した考え方ができるようになったのだ。この今は作らないという条件の中に、女性の年齢や勤労や学習、そして金銭的な余裕、さらには社会環境や国の方針といった非生物学的要素が絡んでくる。

私は、最近の少子化の進行には、こういった性行為を受胎から離して捉える考え方の定着したことが大きく関連しているのではないかと考える。戦後の女性の社会への躍進が国の経済を支えてきたことに間違いはないが、一方で、彼女たちに次世代をもうけるという前述した女性本来の生物学的な特性とはまるで異なった非生物学的な負担をかけることになった。私はここにこそ少子化に至った一因があるように思う。なぜならば、この新たに加えられた負担を満たそうとすれば、限られた能力配分のどこかを削らねばならず、それが本来の生物学的特性、すなわち妊娠と出産、そして子育ての部分を逃避させることに繋がっているのではないかと考えるからである。

つまり突き詰めて言うならば、人間の知性が、性行為によって快楽を得ることを、次世代をつくるという動物としての一連の本能から離してとらえられるようにしてしまったところに、少子化の一つの原因があると考える。だから、今さらこれは如何ともし難く、まさに身から出た錆なのである。

はき違える男女平等のとらえ方

新憲法の発足以来、女性の立場の見直しは、もっぱら男性のそれに近づけようと、それこそが平等になることだという方向でなされてきたように思われる。つまり、参政権をはじめ学習や働く権利を女性に付与することから平等を訴えてきたように思われる。これらの施策は、男女平等をどのように捉えるかという根本理念に関する議論がなされないまま、女性と男性は社会的、つまり非生物学的にひたすら対等にするべきだという単純な理念に基づいて立てられてきたように思われる。

私はその考え方に大きな過ちがあったように考える。実はそうではなく、同じ人間であっても男女間には前述したホルモンバランスや感情の機微といった大きく異なった生物学的特性のあることを理解し直し、どちらが偉いとか上だとか下だとかいう比較では決してない互いの関係を認め合うことこそが平等であると考える。そして、女性の生物学的特性に基づいた本来の動物としての営みを人類の繁栄につながる基本的な作業として尊び、それこそが種の宝であるという理解を深めていくことこそが、男女の特性をわきまえた真の平等であると考える。そして、そこを理解し直すことが、ひいては少子化の歯止めにつながっていくと考えている。

次世代シークエンサーのもたらす新しい理解

分子生物学の推移

エンドウ豆の種類の違いを利用して、遺伝形式の存在を明らかにしたのがメンデルで、それから七十九年を経た一九四四年に、アベリーらによって遺伝を司っている物質は細胞内の染色体（人間は44+XY）に存在するＤＮＡ（デオキシリボ核酸）であることが、そして一九五三年に、ワトソンとクリックによって染色体は多くのＤＮＡが二重らせん状に重合して構成されていることが発見された。これらによって分子生物学が本格的に動き出したとされている。そして、一九五九年にダウン症が二十一番染色体異常であることが明らかにされ、その翌年には慢性骨髄性白血病とフィラデルフィア染色体異常との関連が明らかにされた。これらが人間の先天異常やがんを分子生物学的にとらえた最初の発見であるとされている。

分子生物学の次のステップは、染色体を構成するＤＮＡの塩基配列について解明することであった。すなわち、ＤＮＡはデオキシリボースという五炭糖にアデニン、チミン、グアニン、シトシンの四種類の塩基のうちどれか一つと結合して構成されている。したがって四種類のＤＮＡが存在することになり、染色体はそれらが決められた順番にリン酸結合して形成されている。これをＤＮＡの塩基配列と呼んでいる。人の染色体を構成する全てのＤＮＡは約三〇億個あり、それが二列になっているので合計六〇億個になる。

この整然と並ぶ塩基配列が三個のＤＮＡごとに区切られて、それをコドンと称している。四種類の塩基から三個を選ぶ数式は四の三乗、すなわち六十四種類のコドンがあり得ることになる。各コドンはそれに対応するアミノ酸を規定し、それらの集合から成り立つ蛋白質が何らかの生体機能を発揮することになる。実際には六十四種類のコドンに対応するアミノ酸がそれぞれあるわけではなく、約二〇種類のアミノ酸が対応しているので、いく種類かのコドンから同じアミノ酸が定められる。たとえば、最も多いのがロイシンなど三種類のアミノ酸で六つのコドンに対応しているのである。なお、ＤＮＡ塩基配列には遺伝情報をもっている部分ともっていない部分が存在し、前者を遺伝子という。遺伝子はすべてのＤＮＡ塩基配列の二五％程度であることがわかっており、ヒトのその数は約二万数千個であるとされている。これがＤＮＡ塩基配列のおおざっぱな仕組みである。

こういった整然とした営みの中で、塩基配列にある変異（狂い）が生じてコドンの構成が崩れたとしよう、するとそれに規定されるアミノ酸の種類が変わり、それがそれらの集合から成る蛋白質の機能を改変させて生体機能に影響していくとされている。だから、三〇億対の塩基配列からなんらかの変異を見つける研究が病態の解明に先立って必要不可欠であったのだ。一九七七年になって英国のサンガーがその解読法を考案した。そして、一九八三年に筋肉の先天異常である筋ジストロフィーの患者さんから関連遺伝子であるジストロフィンの塩基配列にある変異が発見された。それをきっかけにして先天異常の関連遺伝子の探求とその塩基配列の変異を見つける研究が盛んになっていったのである。しかし、この解読法を用いても、なにせ三〇億対あるすべての塩基配列を読み解く作業にはおびただしい時間が必要であり、したがって、一九九〇年代までの研究は、ある染色体のしかもある部位にターゲットを定めて、その近傍の塩基配列を探る作業に留められていたのである。

私も先天異常の治療を行ってきた関係で、その発生原因についてはそれなりの興味を持ってきた。その中にヒルシュスプルング病という先天異常がある。腸管壁内に存在してその運動を司る神経細胞が種々の長さで欠落するために機能的な腸閉塞に陥っていく疾患である。現在では根治術式も確立されて神経細胞の欠落範囲が極端に長い症例を除いて亡くなることはなくなった。私の約二〇〇例の経験でもほぼ安心して管理できる先天異常の

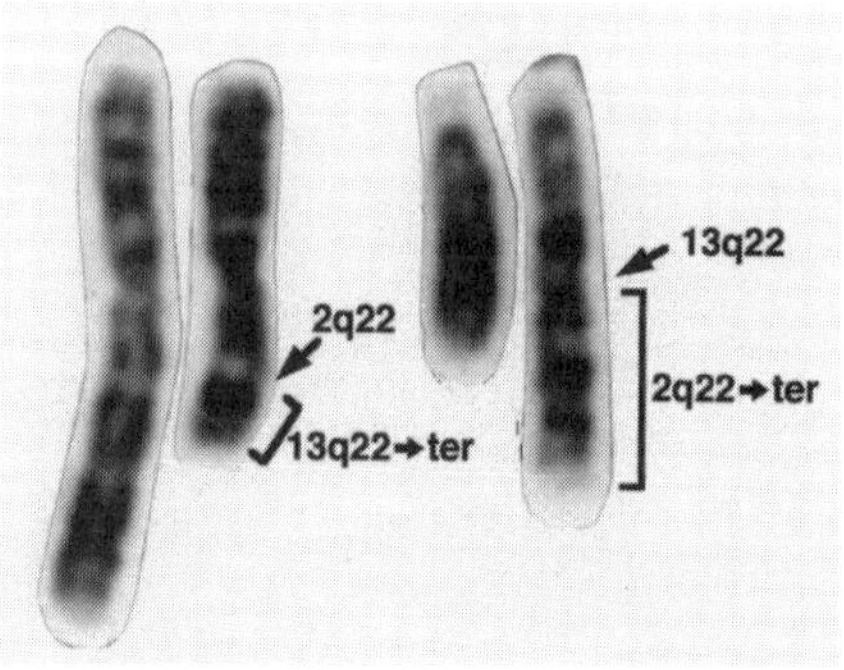

染色体検査：2番と13番の転座
矢印の箇所がちぎれて互いに入れ替わっている。

一つと考えてきた。

しかし、手術後の経過を外来で追跡していくと、四人の子どもたちが自分の思惑から外れて予想もしなかった状況、つまり心身ともに極端に遅れていくことに気が付いた。そして、一九九三年に経験した症例が、その後の追跡でこれまでの四人と同じような経過をとってきたのである。しかも染色体検査でこの症例に限って二番と十三番に転座（染色体のある部分がちぎれて他の部位にくっつく、写真参照）という異常が発見されたのである。そこでそのちぎれた箇所をターゲットにしてその近傍の塩基解析を依頼したところ、二番染色体のちぎれた個所から約五〇〇万個のＤＮＡが抜け落ちていたのである。そして、本来ならばそこに存在する遺伝子の一つに神経の発生に強く関わっている *SIP1*（現在の *ZFHX1B*）がおり、この遺伝子のなんらかの変異がこれらの子どもたちの病因になっているのではないかと考えた。そこで、それまでの四人に対してもこの遺伝子の近傍を検討したところ、全例からなんらかの変異が発見されたのである。

染色体がちぎれていたという偶然から解読するターゲットを定められたからこそ進められた研究であった。やがて、これがヒルシュスプルング病の六番目の関連遺伝子として認知された。二〇〇一年のことである。

次世代シークエンサーの発明のもたらす不安と希望

世紀の変わるのを待っていたかのように、平成一二（二〇〇〇）年に塩基配列を驚異的な速さで解読できる「次世代シークエンサー」という新たな器機が登場した。従来法が塩基配列の一つひとつをコツコツと拾うように決めていたのに対し、こちらは同時並行で一気に複数の塩基配列をまさに電撃的な速さで解読できる器機なのだ。それに伴って、二〇〇三年には早々と三〇億対あるヒトの全ての塩基配列の解読に成功している。

私はこの器機の発明が医学に留まらず人の生き方そのものを考え直させるきっかけになったと考えている。その意味でも世界はまさに新たな時代に入ったと言えよう。医学的な観点から言えば先天異常のみならずあらゆる分野の研究がこの器機を用いたDNA解析から期待されるのである。そのひとつに〝がん〟を発症させる塩基変異の追求やそこに基づいた抗がん剤の開発がある。その勢いはやがて抗がん剤の効果が手術療法を上回る時代になろうことを予測させるほどなのである。

一方で、〝がん〟をもたらす塩基変異の発見は、それを発症する前から分子生物学的に予測できる時代になったことを意味している。この事実は人の生き方を考える上で非常に大きな転換点になると思っている。つまり今は健康であっても、やがてある年齢に達すると〝がん〟をはじめにした何らかの病態の発症することを前もって知ることのできる時代になったからである。同時に塩基変異の表現がある年齢層に達して初めて出てくることもありうることがわかったのである。こういった人たちへの対応という極めて深刻であるが重要な課題も提起しているのだ。

将来を予測できるという観点から看過できない大きな関心事のひとつに胎児診断がある。胎児の時代からその子の状況を探る医学は古くからあったが、次世代シークエンサーが発明されるとともにこの方面も急速に展開した。そして、二〇一一年に無侵襲的出生前遺伝学的検査（ＮＩＰＴ）と呼ばれる検査法が開発された。これは、妊婦の血液中に微量に混入する胎児の細胞から胎児の染色体やＤＮＡ解析を行うものである。つまりこの方法を用いれば、生まれる前からその子の分子生物学的特徴の全てを捕えることができるのだ。倫理的側面から対象になる妊婦や疾患が制限されているが、近い将来、これが広く胎児診断の主体になると予想される。そして、個人スクリーニングからマス（集団）スクリーニング検査として利用されることもあり得よう。私は、胎児をモノとしてではなく尊厳と権利を備えたひとりの人間として捉える考え方を早急に確立していかないと、この検査法がとんでもない目的で利用される手段になりえると考えている。つまり、本来は胎児の状況判断に限るべきであるものが、胎児の生命の制限を決める手段として用いられる懸念があるからである。

さらに次世代シークエンサーの発明が、障害のある人たちに対する考え方にまさに隔世の変化をもたらすことになったことをあげねばならない。原因不明とされてきた多くの先天異常がこの手段によって実はＤＮＡ塩基配列のわずかな変異に基づいていることが次から次へと解明されているからである。これらの事実は塩基配列の変異をどのように理解し対応するのが正しいのかを私たちに問うているように思われる。

三〇億対ある塩基配列の九九・九％は同一であるが、〇・一％は人によって異なっていることがわかっている。三〇億の〇・一％は三〇〇万個になり、これだけの塩基が人によって異なることがあり得るのだ。この違いが各人の体質や性格などの多様性を決めているとされている。しかも、その変異が人の一％以上の頻度で認められると、それを変異とは呼ばずに「多型」と称するように定められており、血液型と同じようにＤＮＡ塩基配列にも異なったタイプがあり得るというのだ。つまり多型を異常ではなくその人の特徴としてとらえているのだ。良い例にX染色体に連鎖した遺伝子変異から生じる色覚異常がある。元来これを異常として捉えてきたが、その頻度が男性の約五％であることから、分子生物学的には変異ではなく多型になり、したがって異常ではなくその人の特徴になるのである。

こういった理解を掘り下げていくと、なにも一％以上をもって多型とするように規定しなくとも、いかなる変異もその人の特徴ととらえるところに帰着するように思われる。

そういった理解を臨床の立場でどのように受けとめたら良いのだろう。例えばある子どものＤＮＡ塩基配列に障害を発症させる変異が発見され、別の子どもに障害には至らないが何らかの変異があったとしよう、その個所が異なったがために表現として前者に障害が生じたまでのことで、変異があるという点では両者は同じであり、そこに生物学的に大きな差はないのである。しかも分子生物学的にはその変異を塩基配列の一つの特徴（多型）として捉えることもありえるのだ。したがって臨床においても、障害の原因がＤＮＡ塩基配列のある変異に基づいている限り、その障害を異常としてではなくその子のひとつの特徴としてとらえるのが論理的であると考える。

私は、こういったとらえ方こそが次世代シークエンサーのもたらした画期的な意義であると思っている。生物学的には「人はみんな同じ」という新たな理解に到達するからである。この理解が、二〇〇八年に国連が発効した障害者権利条約制定の力強い根拠になっていると思われる。それは障害のある人たちの尊厳と権利を彼らの目線に立って認めた新しい時代にふさわしい条約であった。

変わりゆく外科医

手術手技の習得

かつて外科医は医師の花形と言われた時代があった。内科医ではかなわない手術という技能を持っていたからである。だから〝がん〟の治療においても内科医は診断をつけるまでで、その後の治療は外科に委ねられた。私はそういった時代を外科医として過ごした。

手術の技能はまさに丁稚奉公のような修練を重ねてはじめて身についた。そのはじまりは外科結びと言われる手術用絹糸の結び方を覚えることであった。上司からは、結び目が一メートルになるまで練習してこいと促された。次が剪刀《せんとう》（はさみ）の使い方である。第二助手として付く手術中に上司が結んだ糸を取って結び目から数ミリのところで切る作業を担うためである。右手でも左手でもそれを使えるように仕込まれた。そして、鈎《こう》引きである。術者が手術のしやすいような視野を作ってそれを維持する役目である。手術台に斜《はす》かに構える姿勢で、第一助手の邪魔にならないように鈎を引き続ける作業は腰に負担がかかって辛かった。これらの手技を修得するのに約一年を要したが、それが済むと初めて第一助手につかせてもらえた。つまり術者と調子を合わせながら手術のお手伝いをする役目であり、同時に術者の技を盗む大切な期間でもあるのだ。それからようやく術者として執刀することが許された。初めに手術をさせてもらえたのが、いわゆる「アッペ、ヘルニア、ヘモ」といって急性虫垂炎と脱腸、それに外痔核であった。それらが一般外科の中で比較的多くあり、しかも易しい手術とされていたからである。その期間を過ぎると、今度は上司に第一助手についていただきながら、難易度に合わせて徐々に高度の手技を修得していったのである。

私は一般外科の修練を二カ所の病院で行った。初めに就いたところが岐阜県の山間の小病院であったが、そこで急性虫垂炎の手術が多くあり、お世話になった二年数ヵ月間にかなりの数をこなすことができた。しかし、やがて、来る日も来る日もこれらの小さな手術ばかりであることに危機感を持つようになり、大学に無理を言って静岡県沼津市の近郊にあった国立病院へ転任した。そこで初めていわゆる大手術を知ることになり、それを成す外科部長の技に魅了されていったのである。

彼は頭から足の先までのあらゆる手術をこなす匠《たくみ》であった。と同時に、手術のあり方として、それは医師のみでなく看護師を含めた手術場の人たちの共同作業であり、それを成す人たちの心の繋がりこそが手術の成否を決めていくのだと教わった。この沼津での三年半に及ぶ修練が私の外科医としてのあらゆる基礎を作り上げたと言っても過言ではない。大学の教授の言うなりに就職先の決められた時代に、その意向に逆らって研修病院を途中で変わるという当時には考えられなかった決心をしたことが、今振り返ってみて、私の人生で大きなプラスの転機になったと思っている。やがて私は小児外科という専門分野へ入っていったが、この頃に学んだ技がその後の手術の基本になったことを思い返すと、一般外科の修練は若い外科医にとって極めて大切な作業であると思われる。それは、その後に出会った多くの外科医の中で、きちんとした病院できちんとした上司から訓練を受けた人たちは、さすがにきちんとした手術をすると感じられたことからも明らかであろう。

術者と器械出しは運命共同体

手術場は特別の場合を除いて関係者以外は入れない、いわば聖域である。そこで働く医師や看護師そして看護助手たちには、手術によって一つの命をつなぐという共通した思いがある。とくに、手術中にはそれが一層強くなり、いわば一心同体の心境に陥る。

つまりどんなことかというと、術者の右に立って手術用の道具を術者へ手渡す看護師

（器械出し）は、術者に言われてからそれを渡すというのでは物足りなく、術創を見定めながら術者の思いを感知して、欲しいであろう道具を前もって用意し、場合によっては言われる前から術者の広げた掌に音を立てて手渡すのである。術者は手に感じる道具の感触から欲しかったものが渡されたかどうかを判断できるのだ。具体的に言えば、術創から出血をして術者がその箇所を左手で押さえたとすると、器械出しはいち早く手にとった止血用鉗子を言われる前から「これで止めてください」と手渡すのだ。そこに言葉のやり取りはなく、まさに以心伝心なのである。

こういった繋がりがあって初めて手術に流れができる。だから、欲しかったものが渡されなかったりすると、術者は、「ちがう、あれをくれ」とため息をつきながら一呼吸を入れることになり、途端に手術の流れが乱れてしまうのだ。だから、器械出しは、術者の意図を正しく知りたいと、身を乗り出して術創を見定める。そして、器械台に自分だけがわかるように配置してある道具に反射的に手が届くように備えているのである。

つまりこの場での術者と器械出しは、大げさな言い方をすれば運命共同体になっているのである。当然のようにこの関係は付き合いが長くなればなるほど癖のようなものもわかり合って深くなっていく。

手術の極意

上腹部や胸部の手術では患者の右に術者が立ち、下腹部とくに骨盤内臓器の場合は患者の左に立つ。それは右手での操作がしやすいからである。そして、術者の右側に器械出しの看護師がへばりつくように立ち、傍に器械台を添える。手術台の向こう側には目の前に第一助手が立ち、その左側に第二助手が斜《はす》かにかまえる。前立ちと呼ばれる第一助手は、糸結びなどで術者をサポートするに留まらず、手術の進行に沿って次になすべき操作を読み取り、いち早くそのための視野を展開して手術の進行を司る立場にあり、考えようによっては術者よりも楽しみの多い仕事なのである。術者の癖を知ったうえで、次はこうするであろう、そのためにはどの視野が良かろうかと推量し、そのように展開させて、どうぞおやりくださいと術者を促すのだ。それがはまると術者は軽快に手術を進められ、前立ちは共に成す作業に満たされる。これが手術の極意である。

このように、手術は、手術場の人間のまさに共同作業であり、直接的な喜びを味わい合える極めて人間臭いウエットな仕事なのである。

内視鏡手術の登場

今世紀が始まるのを待っていたかのように、私が退官する間際になって内視鏡手術という技術が登場した。これは腹壁や胸壁に内視鏡が入る程度の小さな穴をあけてそこから手術用器具を誘導し、テレビのディスプレイに映し出される画像を見ながらそれらを操作して手術を行う、これまでとは全く異なった技術である。この手段は侵襲が少なく、したがって術後の回復が早く、しかも術創が小さくて済むなどの利点があって急速に広まった。その勢いは小さな子どもを対象にした小児外科分野にも及び、それからわずか二〇年程で、今や、手術といえば内視鏡という時代になった。そこで用いられる器具も相次いで開発され、最近では「ダビンチ」と名付けられた内視鏡手術支援ロボットが世界中を歩き回っていると聞く。

私には内視鏡手術の経験がまったくないので技術的な論評はできないが、その普及の速さからみても確かな技であることに間違いはないであろう。つまり外科分野においても従来の手技が、人工頭脳（ＡＩ）による技術に取って代わろうとしているのだ。たまに出かける学会においても、演題の多くが内視鏡手術に関するものになって、この手段を知らない私は、場違いのところに迷い込んだような錯覚に襲われ、とり残された心境に陥ってしまうのである。

この手術法のあらましは、内視鏡操作者が操縦席に座って3D画像を見ながら手元のコントローラーを操作すると、それがロボットアームの先についている鉗子やメスなどに伝わって手術が進むのだと聞かされた。したがって、コントローラーの操作がいわゆる手術の技ということになり、そこに熟練が要求されるのであろう。

この手術法の技術的なメリットは、人の手で行うよりも狭いところまで入っていって、より細かな操作ができることのようだ。経験者からは、旧来の手術法よりも視野の明るさが違うので組織の識別が容易になり、細い場所まで行きつくことができて手術をし易くなったと聞かされる。それがどの程度のことなのか私にはわからない。この際、器具を操る医師を術者と言っているのかどうかもわからないし、第一とか第二助手との関係がどうなっているのかもわからない。彼らが見つめるところは術野ではなく、テレビのディスプレイであり、器械出しが何をしているのかもわからない。ただ言えそうなことは、自分の指が手術を進めるのではなく器具によって進んでいくことであろう。したがって、器具を操ることが「技」ということになるのだろうか。それらによってなされる作業はほぼ画一的で間違いがなく、出来不出来の生じる隙はほとんどないであろう。だから一定の効果を確実に期待でき、そこが手で行う手術と最も異なる所ではなかろうか。そのように考える時、内視鏡手術が極めて短期間に手術場の主役になったことを理解できるのである。

変わりゆく外科医

内視鏡手術という今までとは全く異なった手技が外科分野に浸透するにつれて外科医の姿は大きく変わろうとしている。その経験のない私が比較して論じることはできないが、かつてあった手術場の空気、つまりそこで働く者たちが一体となって感じてきた温もりや人間臭いウエットな雰囲気はどうなったのだろうか。内視鏡手術の技術的なすばらしさを否定しようとは決して思わないが、人の手に代わって器具が物理的に進める手術場は、互いが個の意識にあって粘っこさに欠けるドライな雰囲気になっているのではないかと思われる。それが現代社会の生き方とどこか似かよっているようにも感ぜられ、そうであるならば、それはそれで一つの時代の流れと言えるのだろうか。ノスタルジーと表現するにはまだ早かろうが、自分の「技」だけを頼りに生きてきた私には、かつての手術場の雰囲気が消え去ろうとしている現状をいかにも口惜しく感じられるのである。

新しい人たちには年寄りのおせっかいと聞こえるかもしれないが、内視鏡手術の普及によって自らの手で行う旧来の手術手技の修練、とくに一般外科の基礎的な訓練の機会が確実に減少していくであろうことに、私は、その手術法がなくなってしまうことでは決してないが故に強い危機感を持っている。つまり、手で行う手術は、内視鏡では困難な、例えば、乳腺や甲状腺そして肛門などの体表の手術や、外傷、さらに幾度かの手術で内臓の癒着が激しく器具を導くことが難しい場合などで依然として生き続けていくのである。だから、内視鏡手術が主体になってそのための訓練が重視され、若者の気持ちもそちらへ傾くのであろう中にあっても、手で行う手術の基礎的なトレーニングは決して忘れてはならないことである。そのための指導体制を維持することこそが、今、学会をはじめとした指導者に求められているように思われる。そこを怠るようでは、そのうちに膿瘍（できもの）の十字切開もできない外科医が出てくるのではないかと危惧される。

医師の務め

最近の世相で思うことは、個人を守る意識が大変強くなってきたことである。それは一方で、他人を思いやるといった日本古来の意識の希薄化につながっているように思われる。だから自分の考えからではおかしいとか間違っていると思えることを友人が選択したとしても、それは彼の意思だからとあえて詮索しない風潮が強まっているように思われる。この現象は、戦時中にあった、お国のためになることこそが幸せという共通意識に代って、個人の幸せを自らの手でつかむようになった戦後の世相の行き着く必然であるように思われる。

それはそれで一つの時代の流れとして受け入れてみても、こういった考え方が医療現場にも入ってきている。とくに戦後に育った医師は世の中の新しい生き方に添うかのように、治療の選択すらも患者や家族の意向に委ねる時代になった。そして、もし医師の考えと患者や家族の意向とが衝突した時には、たとえそれが医師としての信念から外れていたとしても、彼らの意向を優先して自らの考えを閉ざしてしまうようになったのだ。これは先のみえた老人を対象にした医療現場でしばしば認められる現象なのである。医療の選択に、この個人の意思を尊ぶという最近の姿勢をそのまま持ち込んでそれで良いのか、私などの戦中派が、医師としての務めはどこへ行ってしまったのかと憂いてみても時代の違いだからと取り合ってもらえないのである。

あるテレビ番組に勇気づけられる

こういった医療における最近の医師のあり方についてずっともやもやとしていた私の気持ちが、あるテレビ番組からすぅと晴れたことがあった。それは、令和二（二〇二〇）年一一月にＮＨＫで放送された「寝たきりからの復活～密着！驚異の「再生医療」～」というタイトルの医学番組であった。困難な手術に成功したとか新しい発見をしたという最先端の医療を紹介する番組ではなく、患者の意思と医師の信念のぶつかり合いを追いかけるドキュメンタリー・ドラマであった。

患者さんはまだ五〇歳台で筋萎縮性側索硬化症（ＡＬＳ）という難病に罹患していた。これは、原因不明の脊髄の疾患で進行する筋肉の委縮に特徴があり、やがて呼吸を司る筋肉も侵されていく難病である。現時点で完治させる治療法は見つかっていない。その疾患に罹患した患者さんが一〇年におよぶ長い在宅での闘病の末に、ついに人工呼吸器による呼吸補助が必要になって入院してきた。ドラマはここから始まっている。主治医はそれまでに扱ってきた同じ疾患の経験から、気管切開をしてより有効な人工換気療法を行えば呼吸がうんと楽になるはずであり、同時に誤嚥によって気管に入った食物や唾液の吸引もそこから行えば容易になるという医学的な根拠から気管切開を強く勧めたのである。ところが思慮深い印象の患者さんは幾日も考えた挙句、「その先に光明の見えない医療は受けたくないし、気管切開によって発語ができなくなる、つまり会話の閉ざされるのは今あるわずかな幸せが奪われるので辛い」という理由から医師の勧めを拒否したのである。そして、「そのくらいならこのまま死を迎えたい」と強い決意を示されたのだ。明快で理にかなった意思表示であり、この時点で医師と患者の考え方が対立したのである。

そして、主治医が、「そうか、患者さんがそう思うのであれば仕方がない」と患者の意思を尊重して自らの信念に蓋をしてしまえばそれはそれで今風の一つ選択であったのであろう。しかしこの番組での主治医は、「たとえその先に光明が見えなくとも患者の当座の痛みや苦しみから蘇らせることが医療であり、そこへ導くことが医師の務めである」という医療の原点に立ち返って考えた。そして、この患者さんには気管切開をして呼吸補助を行った方が今よりも豊かな人生（QOL）を提供できるのに違いないので、彼の意思をなんとか翻意させたいと考えたのである。同時に、今ここで患者の意思をそのまま鵜呑みにして死期を迎えたとしたら、主治医としての務めを果たせなかったことで激しく後悔することになるであろうとも考えた。それは、この疾患が進行性であるものの不可逆性とは考えられず、やがて原因が同定され、そこから有効な治療法が開発されるに違いなく、それまでの繋ぎを行うことも主治医の務めであると信じていたからである。

それからは、回診で訪室するたびにあの手この手を使って患者さんに翻意を促した。しかし聡明な患者さんの意思は固く、なにを言っても頑として決意を変えようとしなかったのである。このままでは呼吸状態が徐々に悪化して遅かれ早かれ死期を迎えることになるとわかっている主治医は、あまりにもかたくなな患者さんの意思がどこから来ているのだろうと考えた。そして、彼の言っていることだけではなく、それ以外の例えば家族への気配りなどの意向もあるのではないかと考えたのである。それは外来を含めた長い付き合いの中で彼の家族への強い思いやりを感じてきたからである。

そこで奥さんや子どもたちの意見を聞き取ったうえで、「奥様や子どもたちは、あなたがその気になればついて行くと言っていますよ」と初めて告げたのである。それを知った患者さんは、かたくなに閉じてきた心の内を初めて開き、目にいっぱいの涙をためて主治医の勧める気管切開を承諾したのである。つまり、医師の勧める医療を拒否し続けてきた本当の理由は、自分自身のことよりも家族を気遣ってのことであったのである。そして、ドラマのラストシーンとして、患者さんが気管切開口から人工呼吸器をつけて楽な呼吸を続け、文字盤を目で追いながら家族とにこやかにコミュニケーションを取る姿が映し出された。それを見届けた主治医が病室から離れていく後ろ姿に、医師の務めを果たしえた喜びと誇りが捉えられていたのである。

患者や家族の意向について考える

この番組を観た私は、患者とかその家族が医師の勧めに逆らって治療を拒否する意向とは何だろう、それらは何によって形成されていくのだろうと考えた。

そこには生命に対する確固とした信念から決められる意向もあり得よう。また、狂信的な政治団体や宗教団体に洗脳されて作り上げられる意向もあるはずだ。さらには医療から離れた社会的とか経済的意向が背後に見え隠れすることもあり得よう。これらのそれなりの根拠を持った意向を除くと、大多数の意向は、その時どきの周りの根も葉もない風評、例えば気管切開は止めた方がいいとか、人工呼吸までしなくても良いのではといった無責任な流言に促されて形成されているように思われる。しかもそれらの表現には紹介した症例のように本当の意思が隠されていることもありえるのだ。

にもかかわらず、それらの意向を彼らの意思だからとそのまま受け入れて、それで医師としての務めを果たしていると言えるのだろうか。私はそうは思わない。自らの信念と患者さんや家族の意向とが食い違った時の医師は、前述した医療の原点に立って、彼らの意向の信憑性を探り、もしそこに医学的に誤った認識や誤解があればそれらを正し、そしてまた、それらが風評や流言といった不確かな根拠から形成されていると思われた場合には、粘り強く話し合ってそれらを見直させることも医師に課せられた大切な務めであると考える。

その際には、自分が勧める医療によって患者さんが苦しみや痛みから蘇えるはずだという信念と、病態に関する最新の医学的コンセプトを認識したうえで、ここだけは決して譲らないという決意を持って話し合うことが大切であり、その熱意こそが疎《そ》になりがちな今風の彼らの心をつなぎ留めるきっかけになると思っている。個人の意識の強まる社会にあっても、患者さんやその家族の意向を正しく導く作業は、医師として今一つの大切な務めであると考えている。

変わりゆく終末期医療

わが国は空前の高齢化社会に入っている。二〇二三年度の人口動態を見ると、総人口の二九・一％が六五歳以上の高齢者であった。一方、出生数は確実かつ急速に減少しており、高齢化率はどんどん上昇していくと思われる。出生数が減少する限り、当分の間、少なくとも向こう五〇年間はこの傾向に歯止めをかけることは難しいと言われている。そして、二〇四〇年には、人口は二〇〇〇万人減少して約一億人になるが、そのうちの約三五％を高齢者が占めるであろうとされている。高齢者が増加していく要因としては、団塊の世代などの人口構成の歪のようなこともあろうが、それよりも私は、医療技術が格段の進歩を遂げ、それらを駆使すれば容易に死なない環境になったことを挙げねばならないと思っている。

そのこと自体は命を守るという医学の原点から考えて喜ばしいことに違いない。私自身もこれらの技術を駆使して多くの命を守ってきた。しかし、わが国にはこの技術をだれを対象に、どんな時に、そしてどこまで利用してもよいのかについて、どこにも定められていない。だから、極端な言い方をすれば、何の生活反応も示さなくなった老人を対象に、心臓さえ動いていればそれを生ととらえて、あらゆる技術を使用することさえ許されるのである。しかも、その対価が医療機関の収入源になり、それが社会保障費を蝕む一因を成しているという由々しい現実もある。

そこで、医療という視点から、高齢者に対する終末期医療をどのように捉えていったらよいのかについて考察してみたい。

死の種類と自然死

初めに死の形態に関して考えてみる。医学的にみた死は自然死（老衰死）、病死、災害死、事故死、自殺、他殺に分類されている。一方、死を病態から分けてみると、消耗死、脱水死、呼吸不全死、心不全死、中枢神経障害死、出血死、代謝死、ショック死、事故死などをあげることができる。

ここでいう自然死とは外傷や疾病などの病態がなく、加齢が進みいわゆる老衰によって死に至ることで、いわば寿命を全うし枯れはてる状況を指している。ゾウなどの動物は死が近づくと群から離れることで知られているが、人においても自然死は環境から身を引き、一人になりたがることから始まるとされる。これが別れの始まりであり、本人は内なる世界へ向かっていく。すなわち、人との会話が極端に少なくなり、朝からじっとしてうたた寝が始まる。つづいて食欲が落ち、「何も食べたくない」と言うようになり、やがて好きだったものも手をつけなくなる。そして、静かに眠っている時を経ると、譫妄《せんもう》と表現される状況が現れる。つまり、幻聴・幻視があるかのように先に逝った人たちの名前を呼んだり、追いかけたりするうわごとを発するようになり、それはあたかも別世界の入り口にいるようなのである。ここまでくると肉体の変化が進み、血圧が低下して意識を失い、体温も下がり、無尿にいたる。そして、あえぎ呼吸を繰り返しながら潮が引くように亡くなっていく。自然死にかかる期間はその人の基礎体力などによって開きがあるが、環境から離れたがる前兆を入れると、三ヶ月以上に及ぶとされている。

自然死へ向かった老人への対応

フランスやスウェーデンなどでは、医学が進んだ現在でも、老人医療の限界を本人が食べ物を自力で取らなくなった時と定めており、その時点で医者の仕事は終わり、あとは牧師に任せるという。つまり延命処置を行わず死を見届ける社会通念が生き続けているのだ。

この自然死を容認する社会通念は、現世をどのように捉えるか、言い換えると死をどのように捉えるかという宗教理念に基づいているように思われる。そして、彼らは死を現世の区切りととらえ、喜びを込めて老人を神の御許へ送り帰すのだという。

わが国においても半世紀ほど前までは、食べなくなった老人には脱脂綿で口元を浸し、仏壇の前に寝かせて自然死を見届ける慣わしがあった。実際に私の祖父母はそのようにして看取られた。しかし、それは点滴を含めた医療技術が未開発で、ほかになす術がなかったからであったように思われる。その後に種々の医療技術が開発されると、家人はそれにすがり、一秒でも長くといった延命を求め、医者もそれを容認して実行するようになったことからも明らかである。つまりわが国には現世を重んじ、肉親の死をあたかも大切な物を取られるように捉える通念があり、それが死をなんとしても阻止しようとする意識につながっているように思われる。したがって現在のわが国では、自然死といわれる状況の見られることは稀になっているのだ。それは、そこにいたる前に種々の医学的手段、いわゆる延命処置が講じられるからであり、死はその後に新たに加わった肺炎などの病態、すなわち病死によることがむしろ当たり前になっているからである。

医療技術の目的と現実

水分が取れないから点滴をする、食べられないから経静脈栄養や胃瘻《いろう》からカロリーを与える、重い肺炎などで呼吸ができなくなったから気管切開をして人工呼吸を施す、心臓が止まりそうだから心マッサージを行うといった医療は、今やどこの病院でも容易になされる時代になった。そして、これらの医療技術が老人を含めてすべての人の命を守るために役立っていることは間違いのない事実である。

ところがわが国においては、これらの医療技術がその適応や効果などを考慮されることもなく、まさに場当たり的に用いられている懸念がある。例えば、自然死のプロセスとして食思不振に陥った老人に対して経静脈栄養や胃瘻を造って栄養補給をし、また、回復の見込みのない呼吸不全に対して人工呼吸器を付けて長期に入院している姿も見られるのである。

こういった延命処置が何の配慮もなく行われる国はわが国を除いて他にないと思われるが、それはなぜであろうか？　その根拠のひとつに前述した一秒でも長くといった生に対する執着があるからであろう。私は、それに加えて、それぞれの医療技術に法律や学会、そして保険基金から何の規制もかけられていないところに隠れた根拠があるように考える。

なぜならば、医療機関はそれらの対価を請求することで大きな収益をあげることができるからである。

最近にみられるわが国の社会通念の変化

最近になって、わが国にもそういったいわば医療の行き過ぎとも言える治療を咎《とが》めるような新しい動きが認められ始めた。つまり、終末期におよんで先に見込みのない医療は受けないでおこうとする考え方が芽生えてきたのだ。それは、外国と同じ死に対する社会通念が浸透したからではなく、長期に寝かされたまま生かされている肉親を見る機会が増えるにつれて、いたずらに生を伸ばすだけの医療行為には何の意味もなく、かえって本人の苦痛になるのではないかという考え方が広まってきたからである。それは、本人の生前の意見（living will）としても、また、終末期の肉親を抱える家人の意見としても聞かれるようになった大きな変化なのである。

厚生労働省は五年ごとに一般国民と医療従事者を対象にして、「人生の最終段階における医療に関する意識調査」という大規模なアンケート調査を行っている。平成三〇（二〇一八）年の調査から関連する項目のみを抽出すると、

・人生の最終段階における医療について家族と話し合ったことがあるものは、三九・五％であった。
・事前指示書（遺言書 living will）について問うと、六九・八％がその意義を認めた。
・事前指示書の活用について問うと、九〇％以上がそれを参考にしてほしいと答えた。
・事前指示書を作ってあるのかを問うと、わずかに八・一％に留まった。
・自分で判断できなくなった時の治療方針の決定を誰に委ねるかを問うと、九〇％以上が家族にと答えた。
・認知症や寝たきりになった老人に対する終末期医療として、抗生剤の投与、点滴治療、中心静脈や胃瘻からの栄養、そして人工呼吸などをあげて、そのうちどこまでを望むかを問うと、抗生物質と点滴こそは四五％前後で望まれたが、それ以外の治療は七〇％以上で望んでいなかった。

これらの資料はあくまで現在健康である人たちも含めた本人の意識調査であり、その結果を現実にその状態と向き合っている人たちの意識として捉えるわけにはいかない。それは、事前指示書の必要性を認めつつもそれを作ってある人の極端に少なかったことからも明らかのように、理想と現実には大きな隔たりがあるからである。しかし、少なくとも、かつてのように最後の一秒まで医療にすがりたいという姿が見直されてきたことは確かなことであろう。

終末期医療の限界をだれが決めるのか

わが国には現世を重んじる観念があり、そこから老人の命を一秒でも長く持たせたいという通念があった、そしてそのための手段として、本来の目的を越えたような延命治療が行われることがあった。しかし、近年では、そのような行為は控えた方が良かろうという意見も聞かれるようになり、その傾向は年ごとに高まっていることを理解できた。それでは、現実に判断力を失った老人をどのように扱うのが良いのだろうか？

まず、本人の意思を残してあるか、家人に告げてある場合には、それを最も優先して決めれば良く、たとえ一切の医療行為は必要ないという意見であったにしても、それが尊重されるべきであろう。

しかし、国民の意識調査からも明らかのように、自分の意思を記してある人は、社会通念の変化があるにもかかわらず、わずかに約八％とはなはだ少なかった。したがって、判断力を失った老人が終末期におよんだ時のその後の扱い方は、家長を中心にした親族に医療チームが加わって決められていく場合（ACP Advance Care Planning）が圧倒的に多いと思われる。その際、外国のような死に対する共通理念を持ち合わせないわが国においては、家人の考え方がその決定に大きな比重を占めることになる。そして、もし家人が徹底した医療を望むであれ、逆に一切を拒否するであれ、いずれかの確固とした信念をもって臨んでくるのであれば、それはそれで一つの方向になろう。しかし、現実にはそのようなことは非常に稀であり、大部分の家人は治療に対して何の信念も持ち合わせていないのである。

したがって以降の考察は、現実に最も多い状況、すなわち老人の意思が明らかではなく、しかも家人に治療に対する確固とした信念をもたない状況でのその後の医療をいかにしたらよいのかに絞られる。こういった場合の家人の意思の多くは周りの風評に押されるように形成されており、「苦しまずに逝くのだから、もう何の延命処置も受けずに静かに死を見届けたい」などと口にされる。しかし、その決意のほどははなはだ危ういのである。それは、治療の放棄を決意すれば、それが肉親の死につながるからであり、だからたとえ、「この時におよんでもう何もしないでよいのだ」と心に誓ってみても、別れの悲しみの中で、「ひょっとしてあの人はもっと生きたいのではないか、もしそうだとしたら、何もせずに逝かせてよいのだろうか」とか、「殺してしまうことにならないか」という恐ろしい脅迫観念にとらわれる怖れもあるからである。

ここに至ると老人の終末期医療は、本人から離れて家人のためにどこまでなすかという方向へ向かっているように思われる。

それを感じさせる事例としてよく耳にする声は、家人から、「延命治療は望まないが、せめて点滴だけはやってもらって、それでも駄目ならあきらめる」と言われることである。点滴行為も延命治療に属するのでこれは明らかに矛盾した見解と思われるが、そこを質《ただ》してみると、個人の確固とした考えからではなく、「回りのものもみんなそう言うし、隣のばあさんもそうやって逝ったから」と応えられる。そして、私が点滴だけというのは肉親の命をわずかに伸ばすだけで、その先に何の効果もないのだよと指摘してみても、家人は容易に翻意しようとしなかった。そして、「言われることはわかりますが、そうであってもそうしたい」と望む。こういった家人の意図はどこにあるのだろうか。

危うい家人のための医療

そこで家人の立場になって考えてみる。家人が風評などから「延命処置は望まないぞ」という危うい持論を作り上げていたとしても、いざ肉親の最期になってみると、深い悲しみが混じり合って最善の方法とは何かを正確に判断できなくなり、彼の気持ちは延命処置を否定したいという危うい持論と肉親の死とのハザマでぐらぐらと揺れ動くはずである。

そのあげく苦渋の末に出した結論が、風評に押されるような「せめて点滴だけでも……」なのだろう。それは、点滴治療に最後の望みを託すという期待からでは勿論なく、死線をさまよう肉親を前にしてなお何もしようとしない自身に疼《うず》くようにもたげてくる恐ろしくも切ない罪悪感に近い観念を、「点滴だけはやってもらって……」ということでかわしたいがために違いない。

私は、この場におよんでそのように訴える家人の気持ちを理解できるようになってから、それが矛盾していると承知しながらも、そこは納め、できるだけ彼らの希望を叶えるように努めているのである。

パンダに学ぶ母子関係

何げなくテレビを眺めながら風呂上がりの時間を過ごしていた時である。ナレーターの巧みな誘導につられて耳を傾けると、実はたいへん貴重な情報が流されていた。それは、パンダの子育てを追いかけたドキュメンタリーであったが、親子の絆を培うために大切な営みを論じていたのである。

物語は和歌山県の白浜にあるアドベンチャーワールドで飼育されているジャイアントパンダの誕生から始まった。すでに一七頭の誕生を見守ってきた同園であったが、今回の赤ちゃんはことさら小さく、身長が一五・五センチで、体重はわずかに七五グラムであったという。パンダの出生体重の平均は一〇〇〜一五〇グラムぐらいで、体重が約一〇〇キログラムのおとなのパンダと比べると千分の一の重さであるという。人間の赤ちゃんの体重がお母さんのおおよそ二〇分の一程度であるのに比べると随分と小さく生まれるのである。そのうえこの赤ちゃんは月足らずで生まれたいわゆる未熟児であった。だから、体温調整もままならず母乳を吸うこともできないので、スタッフは赤ちゃんを直ちに保育器に収容してそこでの飼育を始めた。二十四時間体制をとって保育器内を見守り、時間を決めて口から通した細い管でミルクをゆっくりと注入し、さらに、糞尿の世話も行う作業を続けたという。私は、テレビに映される光景を眺めながら、自分が勤める新生児センターでの未熟児管理と同じことをしていると思っていた。

ところが続いて写された画面に、「エッ」と釘づけにされたのである。なんとスタッフが赤ちゃんを保育器からつまみ出して、お母さんパンダのいる檻にそっと置いたのだ。檻の中は暖房されているものの保育器内の温度とは比べものにならないほど低く、体温調整のできない赤ちゃんは、当然のように短時間のうちに低体温に陥ってしまうことは明らかである。スタッフはそれを承知のうえであえてそれを行ったのだ。そして、檻のそばにじっと正座したまま、真剣な眼差しでお母さんパンダにしきりに声掛けをして子どもへの関心を誘っていたのである。そして手にしたストップウォッチを眺め、体温の奪われていく赤ちゃんパンダの限界をさぐりながら母の行動を促したのである。

じりじりするような数分が過ぎた時である、はじめのうちはまるで関心を示さなかったお母さんパンダが赤ちゃんの方へ近づき、いきなり口にくわえて檻の隅へと運んだのだ。そして、赤ちゃんを自分の腹に乗せて、まだ毛の生えていない体をしきりに舐《な》め始めた。赤ちゃんは乳房をくわえることこそはできなかったが、それをしきりにまさぐる仕草を始めた。やがて制限時間の来たことを知ったスタッフは、お母さんパンダの好物である筍《たけのこ》を檻の反対側にそっと置いた。すると、お母さんはそれほしさに赤ちゃんをその場において筍の方へ移動し始めた。スタッフはその瞬間を狙って赤ちゃんを拾い出し、大急ぎで保育器へ収容したのである。

画面は赤ちゃんパンダにとって死につながりかねない極めて危険な行動を、なぜこの時期にとるのかについての解説を始めた。お母さんパンダは子を生むと、どの動物にでも見られるようにその子を抱いて舐め回し、その後で乳房をさらけだして吸啜《きゅうてつ》を促すという。そしてその間も愛おしそうに子をながめ、しきりにスキンシップを繰り返す。排尿や排便をすると、母は局所を舐めてきれいにしていくという。こういった行動を繰り返しながら母子の絆が深まっていくのだ。

スタッフがこの何でもない行為を実は極めて大切な営みとわかったのは、過去に苦い経験があったからだという。幾年も前に今回と同じような未熟の赤ちゃんパンダが生まれたことがあった。スタッフは当然のように母から子を取り上げて保育器内で育てたという。そして、ようやく育てあげた子を母の檻に戻した時のことである。母パンダはわが子を認識できないのか、抱き寄せもせず、乳も与えずに、ついにはあたかも外敵が侵入したかのようにその子を踏みつけてしまったという。スタッフはこの悲しい経験を経て母子関係の構築について学び直したという。

そして、母子関係の構築には生直後からの母子同室が何よりも大切で、それがないとその後にいかなる努力をしても難しいと考え直したという。その根拠として、生まれた直後から子が母の懐で過ごしてはじめてお互いの臭いを学習でき、それが母子関係の礎になるのではないかと考えたという。出生直後から子が離された環境に置かれると、母も子も互いの臭いを学習できないまま過ごすことになり、その後に同室しても、互いに知らない臭いであるが故に外敵としか映らなくなるのではないか、そして、それが育児放棄や加害につながっていくのだろうと推論したという。このように理解するようになってから危険を承知のうえで、たとえ短時間でも母子同室を行って互いの臭いを忘れさせないようにしているのだと結んだ。

このドキュメンタリーは、新生児センターという生まれた直後から母子を離した環境で医療を施してきた私にとって、何とも身に詰まされる番組になった。そこには私にも苦い経験があるからである。かつて私も先天異常のある赤ちゃんを出生直後に親から離して入院させ、長期にその状態で治療を行った経験がある。そういった子どもたちの中に、やがて退院した後で母子関係の構築がうまくいかず、いつまでもぎくしゃくとした関係が続き、ついには母が子に手を出すところにまで崩壊したことがあった。

そういった経験を通して私は、母が子を思う気持ちは、辛い妊娠や苦しい分娩作業の対価からではなく、それよりもその後で、乳を含ませ、オムツを替え、風呂に入れ、添い寝をするという日々の生活を繰り返す中で育まれていくものであり、同時に、母を他に代えられない味方と慕う子の気持ちは、母の懐で乳房をまさぐり、温い肌に触れ、甘い体臭を嗅ぎながら眠る中で培われていくのではないかと考え直したのである。そして、出生直後から母に抱かれることなく子がひとり離された環境に長く置かれると、母子関係の構築に連なる大切な時期を母は子を、子は母を知らないまま空白に過ごすことになり、そのあとで突然のように同居したとしても、それによってただちに母子関係が出来上がるはずはなく、互いが他人行儀になるのはむしろ当然であろうと考えたのである。

こういった私の苦い経験ときれいに重複するドキュメンタリーであった。パンダの嗅覚は人間よりもはるかに優れており、それを頼りに子を容易に識別できるのだろうが、嗅覚で劣る人間はそれに頼ることが難しいがゆえに、その後の営みこそが、互いを識別し合って切っても切れない母子関係を築くうえにより大切な要素になると思われる。そういった観点に立つと、出生直後から母子を離した環境は極めて危険で治療だけを優先した無思慮な状況と言わざるを得ない。最近になってようやく新生児センターにも母子同室や自由の面会時間という対策が取られるようになったと聞くが、それは至極当然のことであると考えている。

第三章　移りゆく障害のとらえ方

健常と疾病と障害

　私が障害児者を対象にした病院に約四〇年間を勤める中で、時どきに奇異に感じられる瞬間があった。それは、

「障害があるのだから先に診てほしい」と障害のある人や保護者から一種の権利意識を振りかざされた時であり、

「私は障害児者を看てあげている」と介護者から胸を張られた時でもあり、さらに、

「障害があるのだから特別に扱い、大目に見てあげよう」といった世間の人たちの上から目線の甘い保護意識に接した時などであった。そして、この奇異に感じられる疑問の積み重ねが、そもそも障害とは何か、障害児者とはどういう人たちを指しているのか、そして、医学の進歩とのかかわりでそれらがどのように変化していったのかについて整理する

きっかけになった。

障害と障害児者の定義

障害とか障害児（者）という言葉の定義を考えてみると、いかにも不安定で曖昧であることに気づく。

日本の法律からそれらを定義できないかと考えてみた。今世紀に入る前の日本の障害に関わる法律としては、児童福祉法（一九四七年）を皮切りに、身体障害者福祉法（一九四九年）、精神保健福祉法（一九五〇年）、知的障害者福祉法（一九六〇年）そして、障害者基本法（一九七〇年）などを挙げることができ、それぞれの法律で異なった方向から障害児者の定義がなされている。しかし、たとえば、身体障害者福祉法は、はじめに視力障害と聴覚・平衡障害、それに音声・言語機能障害と肢体不自由の四つの障害を障害児者としたが、それ以降の約五〇年間に、心臓、呼吸器、腎臓、膀胱・直腸、小腸などに障害のある人も加えて五十数回の改正がなされ、ついに一九九八年にはエイズ感染者も障害者として加えられている。また、知的障害者福祉法に関しては、すでに十八回の改正がなされ、知能指数から障害児者を三段階に分けている。

一方、国際的な定義としては、一九八〇年にWHO（世界保健機構）が提唱した、機能障害（身体）、能力低下（知的）、社会的不利（精神）の三種類の分類法があり、そこに含まれる人たちが障害児者と定義されている。これらは障害児者の大枠を知る上に有用であろうが、具体性に欠ける嫌いがある。そのためか、障害のとらえ方が国によって大きく異なる結果になり、それが障害児者の対人口比率に大きな較差になって現れている。二〇〇四年になされたある調査によると、スウェーデンの二〇・五％を最高に、韓国の三・〇％の最低まで大きな開きがあり、平均は一四・〇％であった。ちなみに、二〇一八年の日本の障害児者の対人口比率は七・四％で、国際的には最も低いレベルにあり、平均値の約半数と推定された。

こうしてみると、障害を法律から定義することは、国際的な統一を得ることができず、また、国内的にも時代と共に大きく変わっていて恒久的なものになりえないことがわかる。つまるところ、障害とは何かについて普遍的な理解の得られないまま、各人が障害児（者）という言葉から連想されるイメージのなかで判断し、そこに枠（垣根）を作って対応しているように思われる。

一方、医学からみた障害と疾病の一般的な理解は、「障害とは病態が固定的で、現状では治療の望めないもの」とし、

「疾病とは病態が非固定的で治療の可能性のあるもの」としている。
そこで、ここでは、医学的な理解を前提にして、以下の考察を試みる。

二〇世紀になる前の医学からみた疾病と障害

中世のヨーロッパを襲ったペスト（黒死病）は人口を激減させるほどの猛威を振るった。その当時はこれを個人や為政者への祟りとしてとらえ、対応はもっぱら祈りとお祓いであった。つまり疾病という観念からはほど遠く、医学は科学といえる状態に達していなかった。一九世紀になると、結核が脅威を振るい、多くの知名人がそれによって命を落としている。作曲家のショパンや日本では幕末の革命家・高杉晋作がこの疾患で命を落とした。そして、いったん結核に侵されると治ることは難しいとされて、その対応はもっぱら、サナトリウム等で静養にあたることであった。このように一九世紀の後半までは、ほとんどの病的な状況は治癒が困難で、すなわち障害とみなされ、治りうる疾病といえる状況はきわめて稀であったといえよう。

二〇世紀の医学から見た疾病と障害

こういった福祉の色合いの濃い状況を一変させたのが細菌学であった。ロベルト・コッホによって結核菌が発見されたのが一八八二年であるが、これを境に、結核に対する観念が大きく転回した。治るかもしれないという期待が一気に膨らんだからだ。結核菌の発見は多くの細菌学者に勢いをつけ、かつて疫病や祟りとしてとらえられていた状況が、実は細菌などの外敵の侵入によって引き起こされる感染症であることを次々に明らかにしていったのである。原因がわかれば次は治療法の開発である。結核菌が発見されて四十七年の経った一九二九年にアレクサンダー・フレミングによってペニシリンが発見されると、治療薬としての抗生物質が次々に開発された。その効果はまさに劇的であり、それまで不治の病とされてきた結核をはじめとした多くの感染症を根治へ導いたのである。

それと相まって二〇世紀を通して手術法の開発や麻酔学の発展から外科治療の可能性が限りなく広げられた。さらに、コンピュータ断層撮影法（ＣＴ）、磁気共鳴画像（ＭＲＩ）、内視鏡といった診断治療機器の開発は医学の幅を大きく広げていった。

これらの医学の急速な発展は、感染症などの回復できる状況、すなわち疾病の輪郭を確立させ、同時に四肢の切断などの現時点では回復が難しい状況、すなわち障害との区別を明瞭にしたのである。

そこから疾病と障害という異なった状況へ異なった対応がなされるようになった。前述した疾病に対する医療が飛躍的に発展する一方で、回復が困難な状況、すなわち障害に対する社会の対応（福祉）として、生活扶助を確保するための各種の法律の制定、患者やその親の会の結成、そして障害者の働く権利の確保、さらに地域療育体制の充実などが相次いでなされたのである。

二一世紀の医学からみた疾病と障害

ここまでの解析で、二〇世紀を通して疾病と障害、すなわち医療と福祉の輪郭が明確になったことを理解されよう。しかし、この状況はそんなに長くは続かなかったのである。つまり、二〇世紀の後半の平成年代に入ってからの分子生物学の進歩発展が障害と疾病に関する思考を再び混乱させることになったのである。

すでに別稿に触れたように、生物の成り立ちが個々の細胞の核内に存在する染色体によって決められていくことが明らかにされて以降、その染色体を構成する遺伝子を含むDNA（デオキシリボ核酸）の解析、なかんづく約三〇億対（六〇億個）ある塩基配列を読み解く作業へ進んでいった。とくに、二〇〇〇年に「次世代シークエンサー」という画期的な機器が開発されると、その勢いは先天異常の関連遺伝子に留まらず、他の疾患の遺伝子変異の追求にも拍車をかけた。そして、これらの多くが実は塩基配列のなんらかの変異に基づいていることを次から次へと明らかにしていったのである。さらに二〇一二年に開発された「クリスパー・キャス9」は、塩基の変異部位に直接接近してそこを切り取り、新たな塩基と入れ替える遺伝子編集を可能にした。つまり、個人の遺伝子変異を同定してそれを是正する、いわゆるパーソナルゲノム医療の時代に入ったのである。

それはそれで大変喜ばしいことであるが、一方で疾病と障害という観点から新たに考えねばならない課題が浮上した。そのひとつは、現時点では何の支障もなく健康に生活できているが、やがてある年齢に達すると回復の困難な状況を引き起こす遺伝子変異を抱える人たちの存在である。その最たる例が成人に達してから発症するがん遺伝子の保有である。他にも筋ジストロフィーの、五歳前後までは正常に発育し、その後に発病してくるものもある。このようなある年齢に達してからある疾患として表現される人たちの、健康である今をどのように捉えたら良いのだろう。

私が関連した消化管の先天異常であるヒルシュスプルング病の中にレット遺伝子に変異のある症例があり、この子どもたちはヒルシュスプルング病を首尾よく治療して今は健康であっても、四〇歳前後で甲状腺や副じんにがんを発病することが明らかにされている。私はこの変異を伴った二家族と関係したが、本人とともに親の複雑な気持ちをどのように慰め、指導したらよいのか深く考えさせられた。遺伝子治療の容易でない現状では、彼らへの対応として発病する前に関連臓器を摘出するのが最適とされている。やがてがんになるという恐怖に怯えながらそれまでの長い期間を不安なうちに送らねばならないことも併せて考えると、今は健康に生活ができていてもこの人たちには障害があると言えるのではないだろうか。

分子生物学から離れた分野においても医学の進歩は疾病と障害の境界を曖昧にしている。多くが乳幼児期に急性疾患としての医療を受けて救命されたものの、慢性期に入ってなお医療を続けながら生活している人たちの存在である。すなわち、現状で根治できないまま、人工呼吸器、人工透析、経静脈栄養といった医療を受けながら生活する人たちのことである。身体障害者福祉法の内臓疾患の項にある慢性肺疾患、慢性腎疾患、短小腸などの人たちがこれに該当する。彼らには労働が困難であるがために福祉的な支援の必要な人たちが多い。これらの人たちは疾病と障害の連続として捉えられるが、どこをもって区別できることにはなりえない。

このような分析から明らかのように、二〇世紀に一旦明瞭になった疾病と障害の境界が、二一世紀に入って異なった方向から再び混沌としてきたのである。そして、医学の進歩は、人を健常と疾病と障害という枠を作ってとらえることの愚かさを指摘していると言えるのではなかろうか。言い換えると、人はみな同じというところに帰着するのである。

令和の時代に期待する

分子生物学は、障害の恒久的な定義はできないことを明らかにし、同時に障害をその時々で定義して、ある人たちを障害児者という呼び方で枠（垣根）を作ってあてはめることの愚かさを教えた。そして、そういった医学的な観点を背景にして、二〇〇八年に国連は障害者権利条約を制定した。それを追従するように日本は二〇一二年に障害者総合支援法を制定している。いずれの法律も、障害をその人の特徴ととらえて地域で受け入れ、彼らが自立して共に生きる社会を具現するように強くうたっている。それは大変喜ばしい施策と考えられるが、その実現には人々に相当の意識改革が必要であると私は考える。それは、両者に枠（垣根）を作った共生はあり得ないと思うからだ。

例えば、電車に優先席をもうけること自体がすでに垣根ではないか。それがあるがために、乗客の意識が自然ではなくなり、義務とか権利からの行動になりえるからだ。つまり、これらの決まりに促される行動では、真の共生とは言えないと思うのだ。そうではなく、優先席なぞはなくとも、自然に席を譲り合う姿勢こそが真の共生と考える。そのためには、このような行為が自然になされる土壌が必要であり、それを育む意識改革を広い範囲の教育などを通して行っていくことこそが、法律などの制定に先駆けて必要なことであろう。そこに至るまでには長い年月が必要であろうが、物質ではなく、豊かな心を求めてほしい令和の若者に大いに期待したいのである。

今や旧態の分離教育体制

「日本でなされている障害児の分離教育と精神科強制入院の廃止を要請」、これは令和四（二〇二二）年九月九日にスイス・ジュネーブでなされた記者会見の様子を共同通信がネット配信したニュースの見出しである。それは、国際連合の障害者権利委員会が同じ年の八月に日本の現状審査を行い、その総括を記者会見で開示したものである。委員会は障害のある子どもたちの教育体制を巡って、日本がいまだに分離教育（分けられた体制で教育）を続けていることに懸念を表明し、包括教育（障害の有無にかかわらず共に学ぶ）に転換するための行動計画を早急に作るように求めたのである。

この審査は、国連の障害者権利条約（二〇〇八年発効）に基づいてなされており、二〇一四年に日本がこの条約に批准したあと初めての審査、そして勧告になった。その内容は日本が分離教育体制という、条約の趣旨から反するような教育をかたくなに続けている現状を強く非難するものになったのである。私はこの記事を読んで、「ついに来たか」という思いで愕然とした。それはある歴史上の恥ずべき事実が蘇ったからである。

前稿で触れたように、二〇〇〇年に分子生物学の分野で「次世代シークエンサー」という革命的な技術が開発され、それに伴って、先天異常や癌を含めた多くの病態が実は塩基変異に基づいていると相次いで解明されてきた。それればかりか、全ての人になんらかの塩基変異が存在し、これらが体型や性格までを決めていくのだろうと考えられるようになった。したがって、その人のもつ塩基変異を異常としてではなく、一つの特徴として捉えるのが理念として正しいと、そして基本的に人はみな同じであるという新しい理解になったのである。

こういった理解が広まるにつれて、知的障害などを理由に人を区別することは愚かなことであり、それをその人の特徴ととらえるべきだという考え方に変わってきたのだ。その機運が国連に伝わり、二〇〇八年の障害者権利条約の発効につながったのである。これは、障害のある人たちの尊厳と権利を保障する条約を彼らの視点に立って発効したものである。制定のスローガンである「Nothing about us without us」(「私たちを抜きに私たちのことを決めるな」)は誠に意を得て解りやすい。そして、この条約に批准するためには、人を障害のあるなしで区別することを改め、共に生活できる社会になるための立法措置が必要であるとされた。日本も発足した時点での批准を求めたが、そのための法整備が足りないという理由から却下された。つまり、障害のある人たちに市民的、政治的権利や教育、保健、労働、雇用の権利を保障する立法措置が必要であるが、日本にはそれらが不足しているというのが理由であった。そこで、障害者基本法の改正（二〇一一年）と障害者総合支援法（二〇一二年）、そして障害者差別解消法（二〇一三年）の三本の法律をその場を繕うかのように制定し、六年が経った平成二六（二〇一四）年に一四〇番目の国としてようやく批准できたのである。これが私に蘇った歴史上の事実である。

それ以降、国連は日本が法律の制定に従ってどのように変革していくのかを見守ってきたのだろう。そして約八年が経った二〇二二年にその状況を審査したのである。しかし、残念ながら日本の現状は国連が期待したものから遠く離れていた、それが今回の記者会見の背景なのである。

二〇一二年に制定された障害者総合支援法では、支援の対象を既存の法律（身体障害者福祉法、知的障害者福祉法、児童福祉法、発達障害者支援法など）に定められた障害のある人たちの他に、現状で治療法の見つからない難病の人たちも加えている。そして、彼らを障害のある人として特別に扱うのではなく、障害をその人の一つの特徴としてとらえて地域で受け入れ、そこで共に生きる社会を構築せねばならないと強く謳っている。つまり垣根のない共生社会の実現を目指しているのだ。建て前としての法律は立派に整ったものの、それから約一〇年を経て、この方面の理解がいかほどに深まったか、そしてそれがどの程度に具体化しているか、そこを審査するのか今回の目的であったように思われる。

改まった理念の遅々として進まない現状にいささかの懸念を持っていた私は、障害児行政に関わってきたものの一人として今回の記者会見を穴があったら入りたいほどの思いで受け止めた。それは障害者権利条約の中で当然のように謳われている包括教育体制がいまだに実現できていない状況を、建前だけでなにも具体化されていないと厳しく突かれたからである。これらの事実は、障害のある人たちに対する日本国民の理解の貧しさを端的に表わしていると言えるのではなかろうか。

日本における障害児教育の簡単な歴史と現状

心身に何らかの障害を認めるがために特別の手段でなされる教育を特殊教育とすると、わが国で最初にそれがなされたのは盲と聾唖者を対象にしたものであった。それは随分と古く、篤志家によって明治一一（一八七九）年に京都に誕生した盲・聾唖院が最初であるとされている。そして、それ以降、盲・聾唖者に対する特殊教育は、点字や手話という特別な技能の習得とそれを用いた教育が中心になって現在に至るまで続けられている。一方、知的に障害のある子どもを対象にした教育は、明治三九（一九〇七）年に東京に開設された滝乃川学園が初めとされ、肢体不自由児に対しては大正一〇（一九二二）年東京に設置された柏学園が最初であるとされている。しかし、彼らに対する社会の理解は乏しく、戦前を通して両校ともが特異的な存在であった。そして、日本が軍事国家として深みにはまっていくにつれてこの方面への配慮は財政上などの理由から先延ばしにされたのである。したがって、わが国における知的障害及び肢体不自由児に対する特殊教育は第二次世界大戦が終わった昭和二〇年以降で初めて本格化したと考えて良かろう。

終戦後の日本に平和国家が誕生し、それを連合国最高司令官総司令部（ＧＨＱ）が統治する時代になると、彼らの指導によって各地方自治体に教育委員会が設置され、小学校から高等学校までの教育がここで管轄されるようになった。また、保護者と教職員による社会教育関係団体（ＰＴＡ）が設立されると、社会を構成する親の意見が教育に強く反映される体制になった。これら二つの組織がその後の普通教育のみならず特殊教育のあり方を決めていったのである。

それから約七〇年を経て、障害のある子どもに対する教育体制も国民の意識に並行するように改組された。そして、現在の特殊教育は、視覚障害、聴覚障害、知的障害、肢体不自由、言語障害、発達障害、病弱および身体虚弱児を対象にして、次の三方向から捉えられている。

・学校という単位：盲学校、聾唖学校、養護学校（知的障害養護と肢体不自由養護、病弱養護）という特別支援学校を設けてそこで彼らに合った教育を行う。
・学級という単位：普通学校内に弱視学級、難聴学級、知的障害学級、情緒障害学級、病弱学級という特別支援学級を設けてそこで彼らに合った教育を行う。
・教室という単位：各教科の指導を普通学級で行いながら、通級指導教室をもうけて障害に応じた特別の指導を行う。

そして、平成一九（二〇〇七）年四月に、「特殊教育」という呼び方を、「特別支援教育」へと改め、盲・聾・養護学校をそれぞれ特別支援学校と呼ぶようになった。このように、日本における特別支援教育は依然として普通教育から切り離した分離教育体制で行われているのである。

なぜ分離教育体制がとられるのか

私が小学生であった終戦直後では、養護学校として盲と聾唖学校はあったものの知的障害児や肢体不自由児のための学校はなく、また普通学校に特殊学級などもなかった。だから、私が通った学校では、各クラスに一人か二人の障害のある子どもがおり、今でいう特別支援教育などという制度もないまま、みんなと学び、共に遊んだ。私のクラスにも心身ともに遅れた貧しい女の子がいたが、それを特別に意識することはなく、まして彼女を邪険に扱うことなどは決してなかった。かくれんぼなどの遊びでは、それは確かに彼女の存在がゲームの進行に不具合の生じることはあったが、それとて鬼から免除しようという特別のルールを作って共に遊んだのである。

それから約七〇年を経て日本の社会はすっかり変わってしまった。そこを追従するかのように教育体制にも大きな変化が認められ、当然であるかのように分離教育体制になってそれが続けられているのが現状である。それらの中で、盲と聾唖教育に関しては、点字や手話といった特別な技能の習得とそれを用いた教育がなされており、そこから考えると分離された必要不可欠の教育体制であると言えよう。一方、知的障害や肢体不自由のある子どもたちは、身辺処理に程度に応じた援助は必要であろうけれど、教えるという観点からは盲や聾唖教育における点字や手話ほどの特別な技能を必要とする対象とは考えにくい。したがって聾唖学校ほどの分離した学校が必要であるとは思われない。

また、この場の主人公である障害のある子どもたちははたして望んでそこへ入学したいと思っているのだろうかと考える。さらに、やがてそこを卒業して一般社会で普通に生活する際に、特別支援学校の卒業生というレッテルが本人のみでなく周囲の人たちにも重くのしかかっていくに違いないのだ。

さらにまた、前述したように生物学的な見地からも彼らを区別してとらえることは愚かなことであると立証されたのである。にもかかわらず、日本においてそこがどうして改まらないのかと考える。

そもそも彼らを学校や学級という単位で分離した環境に置く理由はどこにあるのだろう。分離教育を勧める教育関係者は、彼らには彼らに合った教育があると主張する。彼らに合った教育とはなにか、それは知識の詰め込みを前提にした教育方針を基にしなければ浮かばない発想であるように思われる。私は、そこには敗戦からの社会復興を成し遂げんとひたすら物質を追求し、ものの価値を金銭に換算して評価する社会が是とされるなかで、物心ともに他を蹴倒しても自分を優先するような生き方になったことが強く絡んでいると思っている。

そこを基盤にしてとらえると、障害のある子どもたちが普通学級にいてはわが子の授業の進行に差し障りが生じ、それはわが子の知識の詰め込みにとって不都合であるという自己中心的な根拠につながり、それを本音に持ちながらも、そこを隠して彼らには彼らにあった教育を成すという美辞を並べて離しているのではないかと考える。そして、これを分離教育と表現して、教育委員会のみならずＰＴＡの人たちも何の疑念も挟まずにそれで良いとしているのが現状ではなかろうか。そこには普通学習を優先した、上から目線の考え方が明らかに存在すると私は考える。

言い換えると、特別支援学校という存在は、教育界に今もって人を区別してとらえる考え方が残存している一つの証しになり、私はそこに強い失望感を持つのだ。皆が共に生きるという新しい理念を国民に植え付ける立場にある教育の場においてすらこういった旧態がはびこっている限り、新しい理念の浸透は遥かに遠いと思わざるを得ないのである。

国連の障害者権利委員会によって指摘されるまでもなく、長くはびこっている分離教育という旧態を改め、代わって包括教育を取り入れて障害児と共に学び共に遊ぶ教育が自然になされるようになってはじめて、社会においても共生の道が開かれると思われる。そのためにはそれを育む広い範囲の教育、なかでも小学校教育が最も重要であり、そこで、枠を作って人を区別することの愚かさを教えていくことこそが急務であろう。そこから子どもたちに本来の正しい認識が芽生え、彼らが成長して世に立った時にはじめて理想の道が実現されると考えている。

最後にこういったいわば悲観的な状況にありながら、新しい考え方に添うように包括教育を積極的に進めている小学校が存在することを記しておきたい。豊中市立南桜塚小学校ではすでに包括教育体制を取り入れ、みんなが何の区別もなく自然に生活し学習しているという。また、茨城県取手市立取手小学校や東京都調布市立調和小学校でも包括教育体制が成功裏に取り組まれていると聞く。

外国においてはしごく当たり前になっているものの、日本では未だ固いと言わざるをえない教育体制の新しい芽が、早くそして広く育ち立派に花咲く日が来ることを切に願っている次第である。

ある症例に教わる共生のあり方

ＴＭちゃんの病気と治療

ＴＭちゃんは、私が小児外科医として活動を始めて七年が経った昭和五二（一九七七）年に在胎三十七週で生まれた女児で、体重が二・〇キログラムの未熟児であった。若い夫婦の第一子で、私にとっては膀胱腸裂の初めての救命例である。

胎生初期に完成する体腔のなかで下方部分の発生に齟齬《そご》が生じると、そこに関連する臓器である下腹壁のみならず、膀胱や直腸肛門、そして、陰茎や膣といった外性器や下肢などに異常の発生する可能性があり、どの時点で発生が止まってしまうかによっていろいろな形態になりうる。そのなかに膀胱腸裂という極めて重い先天異常がある。

胎生二ヶ月ごろで、結腸と膀胱がまだ底部で繋がっている状況で発生の止まった先天異常である。その状態で妊娠が継続して出生すると、下腹壁と膀胱頂部が閉鎖しないままであるので腹腔内圧の上昇に伴ってその内面が反転脱出する。すると、写真のように左右に二分された膀胱の間に結腸の一部が挟まれた形態になり、そこから膀胱腸裂という病名が付けられている。これらの他に、恥骨が左右に離れたままで、尿道の上面が割れて管を形成しない尿道上裂も伴っている。そして、男性は左右に分かれた小さな亀頭はあるものの陰茎は痕跡的にしか認められず、女性は膣を欠損して外性器という形を成していない。そのうえ肛門を欠落（鎖肛）し、臍帯ヘルニア（臍帯基部が閉じずに内臓が脱出・写真）や脊髄髄膜瘤（脊椎が割れて脊髄が脱出）、それに下肢の高度の変形を伴うこともある。ＴＭちゃんはこれらの全てを伴った最重症例であった。

一方、体腔の上方部分は正常に形成されるので心臓や肺、上部消化管や肝臓などの機能が侵されることはない。したがって、患児は元気な産声を上げ盛んにミルクを欲しがるのである。ＴＭちゃんも小さいながらとても元気な赤ちゃんであった。外科のみではなく、脳外科や整形外科の協力を得て段階的に治療をすることにした。臍帯ヘルニアは保存的療法を採用し約三ヵ月で閉鎖できた。脊髄髄膜瘤は脳外科医によって生後一ヵ月に閉鎖術が施行された。脊椎変形を伴った鎖肛であったので、機能のある肛門形成は難しいと判断して、生後五ヵ月に膀胱から結腸を分離して膀胱だけが脱出した形態（膀胱外反症）へ変更し、切り離した結腸を用いて右上腹部に人工肛門を造設した。以上の操作で尿路感染などの危険性が少なくなったのでいったん退院させた。

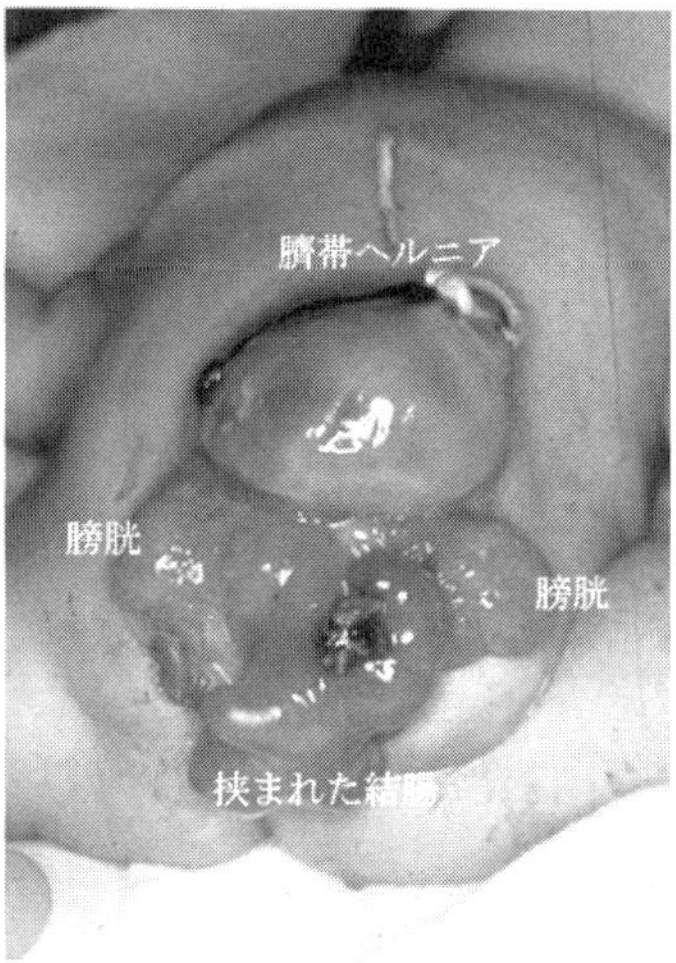

膀胱腸裂の出生時の状態（本文参照）

そして、三歳時に下肢の整形が行われている。さらに、複雑な変形のために機能する膀胱と尿道を形成することは難しいと判断して、五歳時に脱出した膀胱を切除し、代用膀胱としての回腸導管を左上腹部に置いてそこへ尿管を誘導した。これ等の治療によって便を誘導するための人工肛門と尿のための回腸導管を腹部に付け、車いすで移動する状態で入学に漕ぎつけた。

ＴＭちゃんはお母さんの懸命な介護によって、明るい少女として育っていった。知的には遅れを全く認めなかった。そして、数年が経ち上半身の立派に成長するのを見て、初潮の近いことがわかったので生理血を誘導する道が必要になった。そこで、一二歳時に膣を欠損してわずかな窪みしか認められない会陰部へ右卵管を誘導した。それで生理血に対応できるようになったが、本来の膣という形態ではなかった。

外来での追跡と再会

多くの障害を残しながらも日常の生活を滞りなくこなすことができるようになり、外来での安定した追跡が続けられた。そして、一七歳の時になんらかの理由から入院したことがあった。高校生になって上半身は立派な女性に成長しており、振る舞いにもどこかに色香を感じさせるようになっていた。つまり、ＴＭさんの内性器としての卵巣は正常に機能しており、性ホルモンの分泌が高まるにつれて異性が気になる歳になったのだ。ある時、診察で訪室すると、ベッドに同じ高校生の男性の写真があった。それを見つけた私に、身を縮め、顔を赤らめながら、「好きな人なの」と教えてくれた。私は、「そう」と言ったものの、その後が続かなかった。それは、今は淡い憧れであったとしても、やがて深い情愛に育った時のＴＭさんの苦悩が一瞬のうちに頭をよぎり、慰めようのない哀れみから言葉を失ったからである。

その後は地元の病院へ転院したこともあって私の手から離れていった。思い出したように電話で連絡を取ってみたが、元気に会社勤めをしているとの声にホッと安堵したことを憶えている。やがて私は職を終えたのである。

それから二〇年の歳月の流れた令和二（二〇二〇）年八月に、私がお手伝いをしている病院をTMさんとお母さんが何の連絡を取らずに訪ねてきたのだ。インターネットから私の居場所を知ったようだ。昼休みになって外へ出てきたところを待っていたかのように、お母さんが、「TMの母です」と言いながら小走りに近寄ってきた。驚いた私の、「TMさんは？」に、「あそこにいます」と指さされた。TMさんは、お母さんの軽自動車の助手席に座ったままで、走り寄った私を子どもの頃と変わらない笑顔で迎えてくれた。私は、思わず両手でTMさんの両頬を包んで喜びをいっぱいに表現した。TMさんはもう四三歳になったと笑った。そして、私の「どうしていたの？」という問いかけに、「仕事をしていたけれど、鬱になったので今はやめている」といつもの甲高い声で短く答えた。そう話しながら遠くを見つめた眼差しが、何かを思い出したように一瞬陰ったように感じられたが、その訳もわからないまま、私に改めて息のつまりそうな憐憫の情がこみ上げてきた。この時は私に他用があってそれ以上の時間をかけることができず、またゆっくりと話を聞かせてくださいと約束をして別れたのである。

ＴＭさんから教わる共生のあり方

それから二年の経った令和四（二〇二二）年九月に、今度はきちんと連絡を取り合って会うことができた。ＴＭさんが通う名古屋市障害者スポーツセンターで待ち合わせ、お母さんと三人で近くにあったレストランに入った。ＴＭさんがタブレットを巧みに操って昼食を自動注文してくれた。

何の話から始めようかと考え、最近、ネットで見かけた話題を出してみた。それは今世紀に入ってから先進国で進められる障害のある子どもたちの教育の場に関する話題であった。つまり、二〇〇八年の障害者権利条約の発効を受けて各国が障害のあるなしにかかわらず共に生活する社会を目指し、その一環として教育体制もみんなが一緒になって学ぶ包括教育が進められているが、日本はその体制が大変遅れており、未だに分離教育が主体であるのは如何なものか、そのあたりを簡単に解説すると、ＴＭさん親子は身を乗り出すように乗ってきた。そして、お母さんが、「この子が小学校へ入学する時に先生は、普通学校へ入れなさいと言って下さった。私がそれを希望すると、学校は、この子は特別支援学校（当時の養護学校）へ行きなさいと言って取り合ってくれなかった。なぜなのかとあの時は悔しかったです。今ようやくその方向になってきましたか」と、じっと我慢をして過ごしてきた心の内を、悔しさをにじませて吐露された。

続けて障害のあるなしに関わらず共に生きる社会のあり方について意見を出し合った。

ＴＭさんは、

「私は障害のあることを悲しく思ったことはかつて一度もなく、健常の人たちと何ら変わりはないと信じている。だから障害があるからといって哀れみの目で接したり、逆に見下げた扱いをしたりしてほしくない。でも、世の中にはそうは思ってくれない人たちもいるの。昔勤めた会社でも悲しい差別を受けたことがある。それはロッカーからお金がなくなった事件で、私が犯人に仕立てられてしまったの。どれだけ言っても周囲の白い眼は変わらなかった。その時はさすがに我慢をしきれなかった。あまりの扱われ方についに鬱になって会社を辞めた」と訴えた。どんなにか辛かったろうと、またなんと貧相な人たちかと心から腹が立ってきたのである。

ちょっと明るい話題へ変えようと女性としてのＴＭさんについて話してみた。そして、高校生の時のボーイフレンドの写真のことを持ち出すと、「あー、あの子のことね」とお母さんと顔を見合わせながら微笑み、続けて、「あの子ではないけど、私は実は結婚していたことがあるの」と言った。それは確かにいろいろな形の結婚がありえようけれど、

まったく考えてもいなかったことだけに驚き、私は目を見張ったまま二の句を継げずにいた。すると、

「彼は施設の指導員だったんだけど、今思うととんでもない人だった。しばらく生活するうちに私の知らない間に私の障害者年金を引き下ろして使っていたの」と話し、「そんな不実は許せないと思ってすぐに帰ってきた」と続けた。その時だけ怒気を含んだ顔になったが、すぐに今はもう何とも思っていないと表情を戻した。これもまた恥ずべきひどい話ではないか。私はＴＭさんを憐れむ前に相手の男を憎いと思った。ＴＭさんを娶《めと》ってあげたのだからこれくらいは、という上から目線の傲慢な気持ちが、妻の年金に手を出すという恥ずべき悪を許したのに違いない。私はそこが許せなかった。障害を意に介さずあくまで対等の目線で世の中をとらえているＴＭさんは、相手の心の貧しさに気付き、不実な同情は要らないとむしろ愚かさを哀れに思うほどの気持ちになって帰ってきたのではなかろうか。そこには一人の女性の凛とした誇り高い気品が感じられたのである。

随分と考えさせられる食事会であった。ＴＭさんはいくつかの負の体験に怯むことなく、むしろそれらを糧に何の差別のない社会の実現を願って自らが考える共生の道をプロポーズしていたように思われる。それには障害という殻にこもるのではなく、障害のある人たちの方からも自立しなければならないことを訴えていたのである。つまり、障害という垣

根を取り払って共に生きるためには、互いがそれを意識することなく自然であることが前提になる。いま周囲にあるような「障害があるのだから特別に対応し、ある部分で大目にみてあげよう」といったかりそめの同情があっても平等とは言えず、また逆に障害がある人たちの心に、それがあるからという一種の甘えがあってもやはり平等にはなりえないのだ。これらの観念は、共生社会を実現するために互いが共有しなければならない基本的な心構えなのである。そこをわかっているＴＭさんは、では私がという勇気をもって実践しているように思われたのである。

あっという間に一時間が過ぎ、レストランからせかされるように出てきた。車のところへ行く間に、お母さんをそっとうかがうと、「いろんなことがありました」と囁かれた。そこからは辛い時を乗り越えて、今はＴＭさんの全てを大地のような平静不動の境地で受け止めている様子が伝わってきた。そして、もう六五歳に達しているのであろう小さな体で車椅子を押す姿に、波乱に満ちた一人の女性の来し方を思わざるを得なかった。障害のある子を産んだ母の理屈では癒せない心の痛みが、せめて子の足になれと車いすを押させてきたのであろうか。初めてお会いした時のまだ若く少女のように可憐であった頃から、人として大きく成長された姿に深く感じるところがあったのである。

第四章　移りゆく社会のいとなみ

頭脳は人工頭脳（ＡＩ）に負けていない

私たちの視力は、はるか天空から地上を這うネズミを見つけることのできる鳶《トビ》や鷲《ワシ》には遠く及ばないし、嗅覚は三キロメートルも先にいるアザラシの臭いを嗅ぎつける白熊のそれにも及ばない。こういった事実から人間こそが万物の霊長であるという驕《おご》りはすでに通用しないとわかっているが、その中にあって、頭脳だけは他をはるかに圧倒していると思ってきた。それは思考力とか記憶力を司る大脳の重量がその体重比において他のいかなる動物よりも勝っているからであり、人々はここだけは譲れないと信じてきた。ところが、昨近の飛躍的な科学の発展によって、人間の創り出す新たな仕掛けが人の頭脳を凌駕してしまい、それが人の生活を便利にする一方で、ともするとそこに深く侵入してそれを脅かすというとんでもない現象が認められるようになった。これをどのように受け止めたら良いのだろう。

　そういった現象はいくつかの分野で認められるが、その最も顕著な例が将棋ソフトを備えたロボットの開発とその後の展開であろう。今世紀に入ってから人工頭脳（Artificial Intelligence、ＡＩ）技術を将棋ソフトの開発に持ち込んで、それを備えたロボット（将棋ロボット）が棋士に代わって将棋を指すという試みが始まった。つまり人間の頭脳を武器にして戦う将棋の世界に、将棋ロボットが殴り込んできたのだ。なにか人の頭脳を試すような企画に私はあまり良い印象を持たなかったが、将棋協会はその挑戦を受けたのだ。そして、甘くみたのかはじめに女流棋士を立てて戦わせたが、結果は惨敗であった。平成二二（二〇一〇）年のことである。それ以降協会は面子にかけても負けられないと、幾人かの男性棋士を担ぎ出したが、結果はことごとくロボットに軍配が上がった。そして、二〇一七年にその年の名人位を獲得したいわば最強の棋士を出してみたがやはりかなわなかったのである。その終局時の映像をテレビで見た私は、ロボットの前で負けましたと深々と頓首する名人の情けなくも異様な姿に深く考えさせられたことを憶えている。それ以降、将棋ロボットとの公式の戦いは開かれなくなった。

　人間がロボットに敗北した理由は、少し考えてみれば至極当然の結果であることに気が付く。つまり、棋士が過去の棋譜を分析し尽くして築き上げた自らの頭脳を頼りにいかようにもがいてみても、記憶には限界があり、かつそのうちのいくつかは確実に忘れてゆくか思いだせなくなるのに対して、記憶する能力に限界のない、つまり新しい戦法を際限なく呼び込むことができ、しかもそれらを意図的に消去しない限り忘れることのないソフトには、いつかの時点でかなわなくなることは容易に理解できるからである。だから頭脳の質と言おうか成り立ちの全く異なるものを対局させたこと自体が誤りであって、将棋協会は残酷な戦いを傘下の棋士に課したものだと思っている。

人工頭脳（AI）に個性を組み込めるのか？

私は、であるからといって自らの頭脳を頼りに指される将棋がロボットに屈したとは思っていない。かつて一九九六年にその年の七つの棋戦の全てを掌中に収めたことのある羽生善治という天才が、将棋ソフトに裏付けられた正確無比で隙のない将棋よりも、自分の頭脳を信じてそれに頼る将棋の方が、その棋士の個性が滲み出て楽しみが多いと考え、あくまでそれを追求しようとした時期があった。時代背景からすると、頭脳を信じて指す将棋と、将棋ソフトの開発とのはざまにいた彼は、頭脳の鍛錬を重ねることによって初めて得られる棋士の個性をあくまで大切にしたかったのだろう。テレビ対談などでソフトの強さを認めつつも、自分は自らの頭脳を鍛錬し続けてそれで戦いたいと話す姿に彼の幅のある奥深い心情の一端を理解できた私は、秘かに頑張ってと応援したものである。将棋を人間の頭脳のぶつかり合いとみたとき、お互いの個性の滲み出る対局の過程こそがファンを引き付ける魅力になっているはずであり、そこを考えると個性までを組み込めないであろう無機質な将棋ソフトはまだまだ人間には及ばないし、その点では魅力に欠けると思っている。

これと同じような現象はＡＩ技術から開発された音声合成ソフトが生のアナウンサーに代わってアナウンスを行う仕組みにも認められる。ＮＨＫにニュースのヨミ子という音声合成ソフトを組み込んだ人造アナウンサーが登場し、生のアナウンサーが、ここからはニュースのヨミ子にお願いしますと言って場を渡してしまう時代になった。用意された文章を正確に同じテンポで読みあげるヨミ子の技術が生のアナウンサーの技量を越える域に達することも可能であろう。それは固いＮＨＫにふさわしいことなのかもしれないが、私たち視聴者は、テレビ放映を見聞きしながら、ニュースを知ることの他に、あの人は明るくて良いけれど時々読み違えるねとか、この子は正確だけどちょっと冷たいね、といったアナウンサーの語り口や素振りなどの個性を楽しむところもあるのだ。このような色気を含めた微妙な個性をニュースのヨミ子に組み込めるのだろうか。

また、あらゆるジャンルの音楽をＡＩ技術で演奏する時代になったらどうであろう。たとえ同じ楽譜や歌詞であっても、その表現には指揮者や歌手の許される範囲での微妙な違い（あそび）があり、それが個々に異なった印象を生み、そこが聴くものの好みにつながっていると思われるが、そこまでをＡＩ技術に期待できるのだろうか。

このように考えると、ＡＩ技術は、それは確かにめざましい発展であり、直接的には多くの部分で人間の生活を楽にさせていると認めたにしても、まだまだ人間の好みとか個性といった細やかな特徴までを取り入れるところには達していないと思われる。人の生命を司る染色体が約六〇億個のＤＮＡの組み合わせから成り立っており、そのわずかな変異が個々の個性とか特徴などを作り出すとされていることだけを考えても、緻密で精巧な人間の頭脳はそう簡単には追い越されないと思っている。

ＡＩ機器は教育を堕落させる

さらにＡＩ技術はその使い方次第で人間に堕落をもたらす危険性を孕《はら》んでいると考える。今やそれなくしては社会が成り立たないと言える程に汎用されるパーソナルコンピューターとそこで使ういくつかのソフトに関することである。その中にエクセルという計算用ソフトがある。市販されるほとんどのパソコンに標準装備として取り入れられていわば一般化されたソフトである。このソフトを使えば、かつて筆算や暗算、せいぜいそろばんを使ってなされてきた計算がとんでもなく早くより正確になされるようになったのだ。四則演算は言うに及ばず、複雑な関数計算、たとえば統計処理なども数値を入力さえすればまさに瞬時に解答が得られ、それは確かに便利だと私も実感できている。

しかし、便利さは認めるものの今少し考えてみると、エクセルに留まらずAI技術の発展は私たちにかつてなかった課題を投げかけているように思われる。それは、とくに初等教育の場で地道に努力することの大切さを教えようとするときにぶち当たるジレンマである。つまり、例えば、算数の問題を解こうとどれだけ努力してみても所詮はエクセルには及ばないという事実は、ともすると鍛錬と表現される先の見えない地道な努力をじっと続けることの意義を見失い、その挙句、そんなに頑張らなくとも計算ソフトに頼れば良いのではという安易な考えへ短絡する危険性を孕んでいるからである。実際に、ある学校では算数の授業にエクセルの入ったタブレット型端末が導入され、その使い方を教えていると聞く。それは時代の流れなのかも知れないが、私は、このまさに場当たり的な取り組みを堕落であると考える。

計算ソフトのような安易で確実な手段が一方にありながら、自らの頭脳でこつこつと問題を解くことの意義を見出すのはかなり難しいことであるのかも知れない。しかし、実はここにこそ人間を堕落に陥れる罠が潜んでいる。なぜならば、自らの頭脳で地道に問題を解く過程には、計算力を高めるという本来の効果に留まらず、いくつかの他の素養も培われるという極めて大切な教育要素が含まれているからである。それがどんなことかというと、小中学校で行われているドリルを使った計算技能の習得をあげてみよう。それは義務教育における算数の技能強化になり、それがその後の高等数学を学ぶ基礎になったと思われるが、実はそれのみではなく、難解な数式をじっとにらみながら考えを尽くして解いていく過程からは、理詰めでものを考える習慣や一瞬のひらめき、そして洞察力などの素養も併せて培われ、それらが人としての頼もしい成長の糧になっているのである。

こういった広い範囲の素養が直接的に答えを求めるだけの計算ソフトから培われるとは考えにくく、それのみに頼った教育では理詰めでものを考える習慣などの大切な部分が抜け落ちていくと考えられるのである。とくに義務教育期間においては目先の利を追いかけるのではなくどっしりと構えた地道な取り組みが大切であることを考え合わせると、タブレットなどを使った短絡的な取り組みは、やがて自らの頭脳に自信をもてなくなり、ひいてはそれが頭脳を頼りに維持してきた人間の誇りをも失うことに繋がっていくと思われるのである。

医療費からみる社会保障

社会保障費の高騰のもたらす歪

わが国は憲法第二十五条によって、すべての国民が健康で文化的な最低限度の生活を営む権利を有すると定めており、この理念に沿って社会保障という制度が成り立っている。それはすばらしい考え方に違いないが、「皆でその制度を守っていこう」という意識が国民に行き届いていないためか、運用面でいくつかの混乱が生じている。

日本の社会保障制度は以下の四項目から成り立っている。

・社会保険……医療保険、年金保険、介護保険、労災保険、雇用保険
・公的補助……生活保護
・社会福祉……老人福祉、障害者福祉、児童福祉、母子福祉
・公衆衛生……感染症対策、食品衛生、水道、廃棄物処理

なお老人保健は平成二〇年より後期高齢者医療制度に変換されている。

これらのなかで最も高額になる社会保険は個人資金（保険基金）と国家予算、県予算、市町村予算を合算して運用されている。医療保険を例にとってみると、それにかかった対価は、一〇％（収入のある高齢者は三〇％まで負担）の個人負担を除いた九〇％のうち、五〇％を医療保険基金から、二五％を国から、残りの二五％を折半して県と市町村から補填することになっている。

令和五（二〇二三）年度の国家予算の総額は約一一四兆四〇〇〇億円で、そこに占める社会保障費は約三六兆九〇〇〇億円であった。これは、予算総額から国債関連費用と地方交付金を差し引いた一般歳出、つまり動かしえる予算、七二兆七〇〇〇億円の五一％にあたる。そのうちの医療負担費用は約一二兆二〇〇〇億円であったので、医療費総額はその四倍の約四九兆円になると計算できる。ちなみに二十三年前の平成一二（二〇〇〇）年度の社会保障費は一六兆八〇〇〇億円で一般歳出の三五％であった。私は、一六兆円から三六兆円へ跳ね上がった実費もさることながら、一般歳出に占める比率が三五％から五一％へ上昇していることに深い憂慮を覚えるのである。この一六％という比率の上昇がそれ以外の公共事業費、文教費、中小企業対策費、防衛費、エネルギー対策費などの社会保障費以外の比率の低下を意味しているからである。とくに文化国家を維持するために欠かせない費用、なかでも科学者の研究助成金などへのしわ寄せに繋がりかねないからである。

それを米国の調査会社から公表される国別の優れた科学論文数から検証してみると、二〇一九年から三年間の論文総数の四〇・七％が中国と米国で占められ、日本は第五位であった。その中で注目度の高い最優秀論文に限ると日本は第十二位であった。つまり、図抜けて多い米中両国の論文数は、科学研究の重要性を認識する両国がそのための予算を潤沢に提供して研究者を優遇してきた証しであるのに相違ない。それに対して、わが国の低落は研究開発の重要性を口にしながらも現実にそれを予算化できない貧困な為政者への仕返しなのであろう。とくに最優秀の論文数が、二〇年前の四位から十二位にまで段階的かつ確実に転落していることは、高度の科学研究の退潮傾向を示す何よりの証しであろう。つまるところ私は、社会保障費の増大を補うためにそれ以外の大切な歳出を制限しなければならないことを、国民がもっと身近にかつ切実に認識しない限り、若い研究者の国外への流出を止めることはできず、文化国家としての日本の将来はますます険しくなるばかりであると考える。

そこで、社会保障を構成している医療保険の視点から考察してみる。

小児緊急医療の実態（コンビニ受診）

東京都世田谷区にある国立成育医療センターは高度先進医療を担うのみでなく、小児医療の実態を把握する目的から、夜間緊急外来部門を設けている。つまり、紹介状などがなくとも、だれもが直接受診できる体制をとって、小児緊急医療の実態を生で捉えている。ちょっと古いが、公表された実績によると、平成二二（二〇一〇年）年度の夜間に緊急に受診した患者総数は三万三二九八人（一日平均九一人）であった。そのうち四〇六四人（一二・二％、一日平均一一人）はただちに治療が必要な病態にあり、うち四一三人（一日平均一・一人）は重症であったという。しかし、残りの二万九二三四人、八八％の子どもたちは軽症で、あえて夜間に緊急に受診する必要のない状態にあったという。この夜間だけで一日九一人という数字からは、ある時間帯の待合室が溢れるばかりになり、医師や看護師がてんてこ舞いしている状況を窺うことができる。

こういった夜間緊急外来の狂乱状況は全国的にも同じように認められる現象であり、それを異常と感じている人は少なくない。たとえば、「知ろう！小児医療　守ろう！子ども達」の会代表阿真京子さんは、平成二〇年（二〇〇八）一二月七日の日経新聞の「最前線の人」の欄に次のような報告をしている。書き出しは、自分の子どもがヒキツケ（痙攣）を起こし、夜間緊急に連れて行ったときに受けた衝撃から始まっている。溢れかえる待合室の泣き叫ぶ子どもたちの声に掻き消されて呼び出しの案内も聞きとり難いほどの喧騒の中で、彼女は「急に体調を崩した子どもを休日や夜間の緊急外来に気軽に連れて行くコンビニ受診は小児医療を疲弊させる要因のひとつになっている」と感じられたのだ。つまり、子どもたちの苦難もさることながら、そこに働く医師や看護師などの過重の労働状況にも驚かされたのである。そこで彼女はこの会を立ち上げ、月一回のペースで講師を招いて発熱や下痢などへの対応を知り、どんな様態なら一晩様子を見ても大丈夫なのかを見分ける知識を学ぶ運動を始めたとあった。つまり、親が子どもの病気について知らないことに大きな問題があると感じられたのだ。

子どもが不調になった時に、親が気安く、「ものがなくなったからコンビニへ」と同じ感覚で、半ば反射的に病院へ連れて行く行動には、種々の要因が絡んでいると思われる。阿真さんが指摘されているように親が病気についてあまりにも無知であることもそのうちのひとつであろう。核家族が常識になり、日ごろから近所づきあいも疎《そ》になりがちの環境では、若い親が経験豊かな年寄りや近所の知り合いから学ぶ機会も乏しかろう。その中で病む子を前にその状況判断に苦しみ、そこからとにかく病院へ行こうと短絡する気持ちはわからないでもない。そのように捉えると、阿真さんが始められた運動は、病気を知るという直接的な効果のほかに、共に歩む連帯意識を高めるためにも有意義なことだと思われる。同じような輪が各地に広まっていけば、それは素晴らしいことだと考える。

コンビニ受診に走るもうひとつの要因は、共稼ぎの環境にある。つまり、昼間を保育所に預けて自分の仕事をこなし、その後に子どもが不調であることに気づくと、親は子に辛抱させて済まなかったという気持ちと、親としての勤めを果たすという義務的な観念と、さらに夜間のうちに治して明日の朝には仕事に付きたいという利己的な気持ちとが重なって、子どもの病状なぞを判断するまでもなく、まさに反射的に緊急外来を訪ねるのではなかろうか。実際に、私が一般外来として夕方診を行っていると、そのように思われる親子にしばしば出くわすのだ。そして、「明日までに治りますか」と心の内が透けて見えるような言葉を発する親もおり、そのたびに暗然とした思いに駆られるのである。

これらの他に考えねばならない要因として小児医療費助成制度がある。これは昼間受診も含めて言えることであるが、医療費の支払い機関である市町村によってその程度は異なるものの、子どもが受診したときの自己負担金が免除されたり、大幅に軽減されたりしていることである。そのために受診してもその場でお金を払う必要がなく、したがって自分の財布はとりあえず傷まないことも安易に病院へ走る現金な要因になっていると考える。

これらの要因が重なって、小児科や耳鼻咽喉科の外来は昼夜を問わず受診の必要のない子どもたちで溢れ、それが医療費の高騰の一因になっていると思われる。

高度医療技術の乱用

老人の終末期医療については「終末期医療を考える」で考察したので重複は避けるが、そこでなされている延命治療が保険制度上で高額を請求できるが故に社会保障費を考えるうえで避けて通るわけにはいかない。そこで一部重複することを覚悟して論じてみる。

水分が取れないから点滴をする、食べられないから経静脈栄養や胃瘻《いろう》からカロリーを与える、重い肺炎などで呼吸ができなくなったから人工呼吸を施すといった高度医療は今やどこの病院でも容易になされる時代になった。しかし、本来、これらの医療技術はあくまで一時的な手段として、つまり、点滴や栄養補給はやがて口から飲めたり食べたりができるようになるまで、人工呼吸はそれを必要とした病態から回復するまでのつなぎの手段として開発されたものなのである。したがって、それらを必要とする病態から回復できる見通しがあり、かつ、その後に通常の生活に復帰しうる人を対象に施行されるのが本来の適応のはずである。

ところが現実には、その適応や効果なぞを考慮されることもなく、まさに場当たり的に用いられている。つまり、遷延性意識障害（植物状態）で寝たきりになったり、自然死の道程に入ったりした老人を対象にして、口からものが入らないということだけを取って、病気で食べられない人と同じように経静脈栄養や胃瘻からの栄養補給が行われていく。言い換えれば、この先に死しか見えない状況にありながらも、単に延命だけを目的に種々のルートから栄養を与え、呼吸が止まれば人工呼吸器が装着される。しかも、この高度に進歩した医療技術を、誰を対象にどこまで利用してよいかに関して、国にも、医師会にも、そして学会にも明確な規定がない。また、保険の支払基金からも何の制約もかけられていない。したがって、極端の言い方をすれば、何の生活反応も示さなくなった人を対象に、心臓さえ動いていればそれを生としてあらゆる手段を講じることとさえできるのだ。しかも、それらの行為がことごとく保険診療として認定されて医療機関の収入源になっているのだ。

具体的なある対策

前述したように医療費の支払いは国民が納付した血税からなされているので、受診する権利や治療を受ける権利を強引に脅かすことはできない。しかも、小児に関して言えば、自己負担金が免除され、当座の財布の中身を心配しなくとも良い環境が用意されているので、そこからとりあえず病院へといった安易な行動になっても不思議なことではない。また、終末期の老人に関しても、親の命を長らえることこそが子の尽くす孝養と捉え、先の見えない延命治療を承諾する家族があっても非難されることでもあるまい。したがって、宗教理念に裏打ちされた諸外国のようにある一線を引いた医療を押し付けることは難しいと思われる。

つまるところ、私は、国民一人一人の意識改革が何よりも必要で、それをなさなくしてこの苦境からの脱出は難しかろうと考える。つまり、日ごろかかる医療の対価の蓄積が社会保障費の増大につながっていること、それを満たすためにそれ以外の大切な歳出を制限せざるを得ないこと、また一方で、増税や国債によって歳入を増やさねばならないこと、これらをもっと身近にかつ切実に認識し、その共通意識をもとに不必要と思われる受診や治療を控える意識を高めていかない限り、医療費の歯止めはかからないと考える。

国民一人一人がこのような国情を理解して自主的に受診や治療を控えるようになればそれがベストであろう。しかし、いったん甘い汁を吸ったものに自主的な改善を求めることは難しかろう。したがって、現実にとるべき具体的な施策としては、ちょっと乱暴だと承知した上で言えば、小児医療助成制度などは撤廃し、老人医療においても自己負担率を高めて、医者にかかるには金がかかるという現金な意識を育て、一方で、高度医療技術の保険適応をきちっと定めて、その乱用を戒める措置が早急に必要であろうと考えている。そのようにしない限り野放しになっている高度医療技術の統制は難しく、それが、医療機関での実りのない治療を許し、ひいては医療費の乱用につながっていくと思われるからである。

企業化する介護保険事業

介護保険法制定の背景

平成一二（二〇〇〇）年に高齢者を対象にした介護保険制度が始まったが、そもそもこの制度を創った背景には高騰する医療費対策があった。わが国が高度経済成長を遂げた一九七〇年代に入った頃から、世の中で核家族化が急速に進み、若者は男女を問わず自らの生活を大切にするという世相に変わっていった。すると、彼らの生活の足かせになる同居高齢者や独居高齢者への対応として、医療ではなく療養が目的で医療機関に入院させるようになったのだ。この傾向に拍車をかけたのが、昭和四八（一九七三）年に施行された高齢者医療の無料化である。実際に、私がアルバイトをしたことのある成人病院の療養病棟には、医療を受けるのではなく、そこに家財を持ち込んで生活をしていると言えるほどの高齢者が多くみられたのである。そしてそれらの医療費が見逃せない額になり、何らかの対応を迫られたのである。

こういった医療から明らかに離れた実態を解決するために介護保険法を作り、入院費より安価で利用できる施設を造ってそこへ入所させることで医療費との差額分を節約しようとしたのである。それによって全国にある約一八万床の療養病棟をなくす思惑であった。

介護保険制度の事業内容

見切り発車に近い形で開始された介護保険制度は、平成一八（二〇〇六）年に最初の見直しがなされ、それ以降、三年ごとに改正を繰り返してきた。とくに、平成一八（二〇〇六）年と二四（二〇一二）年になされた改正で、高齢者を在宅させたままで地域に密着したサービスを提供する体制が新たに加えられた。この間、閉鎖させる予定であった療養病棟は、種々の曲折を経て介護療養型医療施設と名称を変えて残された。そして、介護保険に基づく事業内容は、平成二九（二〇一七）年時点で、県・政令市・中核市の管轄下に多人数を対象に展開する広域型サービスと、市町村の管轄下に少人数で行う地域密着型サービスの両面から複雑多様のサービスを提供できるようになっている。そのあらましを記すと、

・居宅サービス…高齢者を在宅させたまま、介護関係者が訪問して、介護、看護、入浴、

リハビリテーションなどを行う。

・通所サービス…高齢者が事業所へ通う（通常送迎）か、短期に入所して、そこで介護、入浴、リハビリテーションなどを受ける。

・入居ないし入所サービス…高齢者を自宅から離れた多種類の施設に入居ないし入所させて、そこでそれぞれの目的に合った介護・医療を行う。広域型の入居施設には指定を受けた有料老人ホーム、養護老人ホーム、軽費老人ホーム（ケアハウス）があり、入所施設には介護老人福祉施設、介護老人保健施設、介護療養型医療施設がある。

なお、二〇一八年の改正で介護医療院が加わり、代わって療養型医療施設は段階的に廃止することになっている。そして、地域密着型の中には、認知症対応型共同生活（グループホーム）、地域密着型特定施設と地域密着型介護老人福祉施設がある。

私は、地域密着型の事業こそが本来の目的に適したものと思っているが、二十九床以下に制限されているが故に必要とされる居室数をまかなうことができず、大人数の広域型の事業が林立しているのが現状なのである。

発足の理念の歪曲化

前述したように、核家族化という世相の定着によって、家族みんなが働きに出る時代になり、その挙句、家に残されるか一人で暮らす高齢者は話し相手もいないまま孤独にさいなまされ、寂しい老後を過ごさねばならなくなった。一方、高齢者を残して働きに出る家族にとっても家のことが心配の種になっていった。このような状況を解決させるために作られたのが本来の介護保険制度である。つまり、高齢者を社会でお世話できれば、それは、彼らにとっては、事業所や施設などで同世代の友人もできて寂しさを紛らわすことができ、一方で、家族は安心して働けるのではないかと考えたのだ。この理念は、先人に孝養を尽くすという美しい観念をベースに成り立っており、まさに世界に誇りえるすばらしい考え方であったのである。

この制度が開始された当初こそは、その理念に燃えた新鮮な取り組みがなされていたと思われる。いや、現在に至ってもその理念を守って真摯に取り組んでいる施設がないわけではない。私がかつて勤めた施設は、地域の医師会が造った介護老人保健施設であったが、市中病院と連携をとりながら、地域の高齢者の状況や家族の事情に合わせたサービスを親身になって提供していた。そして、経営的にも良心的な運営を心がけていた。

ところが、これらの介護保険サービスが経営事業としての採算を期待でき、また、法の盲点を突けばさらに収益の上がることがわかってくるにつれて、利潤だけを追求する事業家が出てきたのだ。その背景には、入所希望者の方が居室数よりも圧倒的に多いという社会情勢があるからである。この本来の理念から歪曲された事業の実態を、入所ないし入居事業を例えにして明かしてみよう。

高齢者がこれらの施設を利用した場合の介護費用は、介護保険法に定められた介護という現物給付にかかる費用（公的費用）と、それ以外に必要な私的費用（自己負担金）から成り立っている。これらのうち公的費用、これは施設の種類と利用者の介護度によって異なっているが、それに対しては法で定められた定額が介護保険基金や国や地方自治体の公費から支給される。一方、私的費用としての自己負担金、これは、住居費、食費、光熱水費、娯楽費、洗濯代、理容代などの日常経費と、公的費用の本人負担分（所得により一〇ないし二〇％）との合算から成り立っているが、それらは利用者が負担することになっている。このうちの公的費用としての介護料は法で定められたいわば共通項であり、各事業者間で大きな開きは生じえない。それに対して私的費用としての自己負担金はあくまで事業者と利用者との私的な契約でなり立っているので事業者間でかなりの格差が生じ得るのだ。この制度が発足した当初こそは、自己負担金が高齢者に支払われる国民年金に匹敵する額に収まるように指導されていた。つまり、月に八万円前後になるように仕組まれていたのだ。実際に私が勤めた施設では、公的費用の一割負担分（八〇〇〇円程度）のほかに、三二〇〇円の居住費と一三八〇〇円の食費、それに日常経費を合わせて一日に二五〇〇円程度になり、月額にして九万円未満に留められていた。この金額はちょうど国民年金の支給額にほぼ匹敵し、自分の年金さえ供出すればそれで賄うことができ、それ以外の追い金で家の者たちに迷惑をかけることはなかったのである。これが本来の趣旨なのだ。

ところが、施設と利用者との契約から成り立つ私的費用（自己負担金）には公的費用からでは得られないうまみが潜んでいることを知った事業者が出てきたのである。彼らは、住居費や食費などの日常経費を段階的につり上げていくのみか、それに加えて共益費、協力費、積立金という勝手な名目を別個に作って、合算すると月に二〇万円を越すほどを請求するようになったのである。これだけの額は本人の年金だけではとうてい賄いきれず、家の者たちが月に一〇万円以上の追い金を背負うことになる。さらに入所時に預り金としてまとまった額を請求されるのが通例になっており、その額は一〇〇万円を超すところが多いとされる。しかも、事業者が入所者を選定する段階で、年金以外にこれだけの追い金が必要ですという篩《ふるい》をかけ、出せない人はお断りという対応が展開されていると聞く。つまり、入所希望者が圧倒的に多いという社会の追い風に乗って、情けのかけらも見られない極めて理不尽な事業がまかり通っているのだ。

事業と良心

事業者から市町村に請求される公的費用の適正は、所轄が監査を行うことである程度の監視が可能である。それに対して、自己負担金はあくまで私的な契約なのでその適正について行政が関知しにくいところに大きな盲点が潜んでいる。そこに目をつけるように、収益のことしか考えない事業者が、余命いくばくもない高齢者とその家族からなけなしの金をむしりとる非情が何のためらいもなくなされてゆく。しかも、入所希望者の方が受け皿のベッド数よりも圧倒的に多いアンバランスがある限り、事業者の企業としての運営はこれからも際限なく増長され、そこに歯止めをかけることは難しいのである。いま仮に、事業者の高齢者をいたわる良心に期待したとしても、企業という建前を盾に女々しい感傷として掻き消されてしまうに違いあるまい。

介護保険法を作った原点は、核家族化の進行などから在宅での介護が困難になった高齢者を、先人への恩返しという倫理観も含めて社会で救済するところにあったはずである。

しかし、現状はそんなことはどこ吹く風と忘れられ、代わって金に縛られた企業に変貌して、追い金を支払う能力のある家族に限って利用できる制度に取って代わろうとしているのだ。そして、本来の目的からすれば、いち早く利用してしかるべき貧しい家族が金銭的な理由から切り捨てられ、より劣悪な環境に追い込まれていく現状をどのように受け止めたらよいのだろうか。

このまま放置すれば、介護保険法が発足した時にかかげられた誇るべき崇高な理念は机上の空論と化し、代わって世界に恥をさらす貪欲な制度になり果てる日もそう遠くないように思われる。

変わりゆく生活保護制度

私のもってきた生活保護のイメージ

戦争に敗れた日本は、連合国最高司令官総司令部（GHQ）の支配下にあって新しい平和社会の構築へ舵取りをした。そして、経済的な復興をいち早く果たそうと国民は慎ましい生活をスローガンにして頑張った。その中で、一九五〇（昭和二五）年に、生活困窮者を救済することを目的に生活保護法が制定された。そこには働けなくなった傷痍軍人や戦争に夫を奪われた母子家庭が含まれていた。そして発足した翌年には、六九万九〇〇〇世帯、二〇四万六〇〇〇人（総人口の二・四％）がこの制度の恩恵に浴している。

そういった世相にあって、生活保護制度は国民に必ずしも快く受け入れられなかった。それは、国を挙げてみんなが辛抱をしている時に、大切な国家予算の脛《すね》をかじるとして受け取られたからである。だから、あまりの苦しさを見かねた周りの人から、「生活保護を受けたら」と勧められても、「いやいや、どんなに苦しくとも生活保護だけは受けたくない」と夜なべをして内職のミシンを踏み続ける家族が多くいたという。一方、生活保護を受けている家族は、「お上《かみ》の脛をかじっている」と冷ややかな目線を向けられ、子どもたちは、「生活保護のくせに」といじめの対象になることもあったようだ。だから、親子ともども肩身が狭く、世間から身を隠すように生きていたのである。私は、生活保護制度というものをこういったイメージでとらえてきた。

なぜ脛かじりと言われたのか

国家予算の中で同じ社会保障枠に入りながら、生活保護だけがどうして脛かじりととられるのかについては若干の説明が必要である。図1に医療費や介護費の分担比率と生活保護との違いを示した。一九六一（昭和三六）年の国民皆保険法や二〇〇〇（平成一二）年に始められた介護保険法では、国民がそれらの制度を維持するために保険料を供出し、それぞれの財源として基金にプールされている。そして、かかった費用の一〇％（所得によって医療では三〇％、介護では二〇％まで変動するが、ここでは一〇％とする）を本人が負担し、四五％を基金が、二二・五％を国が、そして一一・二五％ずつを都道府県と市町村が負担することになっている。つまり費用の五五％は本人と自分も供出した財源（基金）で賄われている（図1）。それに対して、生活保護では基金としての蓄えを持っていない。また本人負担も存在しない。したがって、図の右のカラムのように費用の七五％を国が負担し、残りの二五％を都道府県と市町村が折半しているのである。すなわち費用の全てが公費で賄われているところに大きな違いがある。これが脛かじりと揶揄された根拠になっていると思われる。

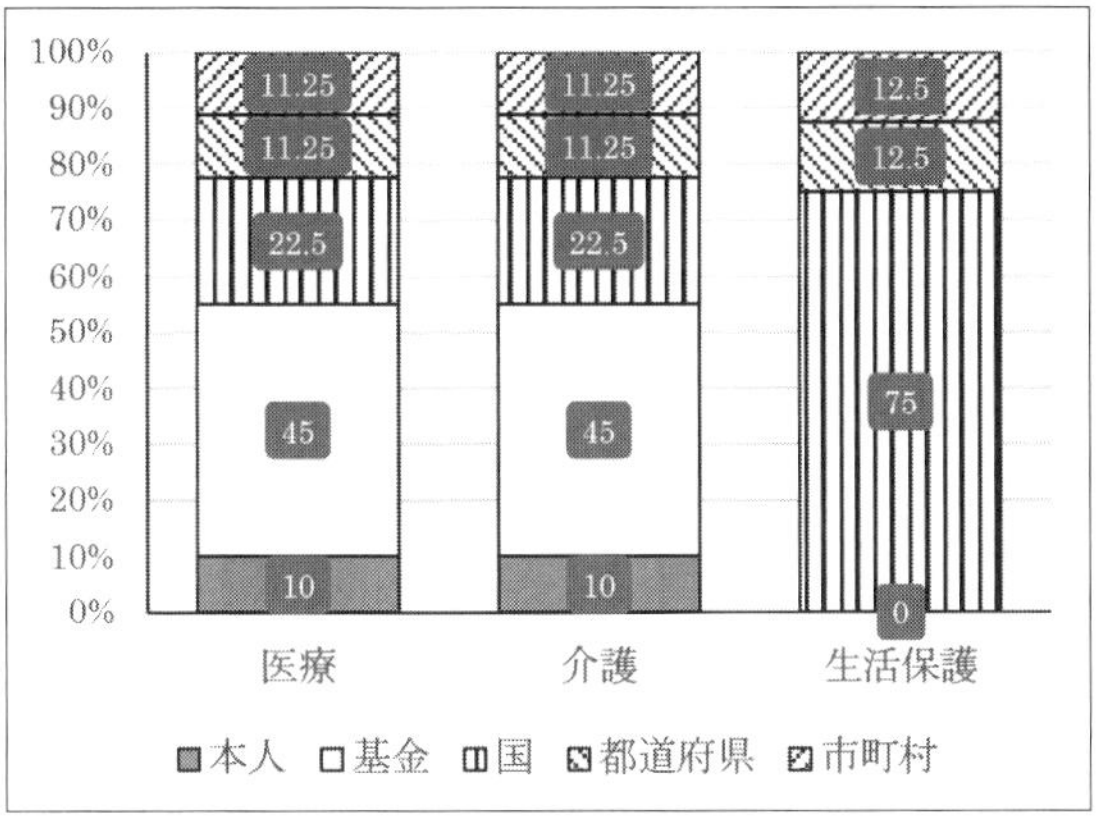

図1　医療費や介護費と生活保護費の分担比率

生活保護世帯数と人数の推移

図2に生活保護を受けている世帯数と人数および対人口比率の推移を発足した一九五一年から二〇一五年までの五年ごとと、二〇一七年から二〇二一年までの二年ごとの数値で示した。

一九五一（昭和二六）年に生活保護を受けた国民は、約六九万世帯、二〇四万人（総人口の二・四六％）であった。その後に認められた日本経

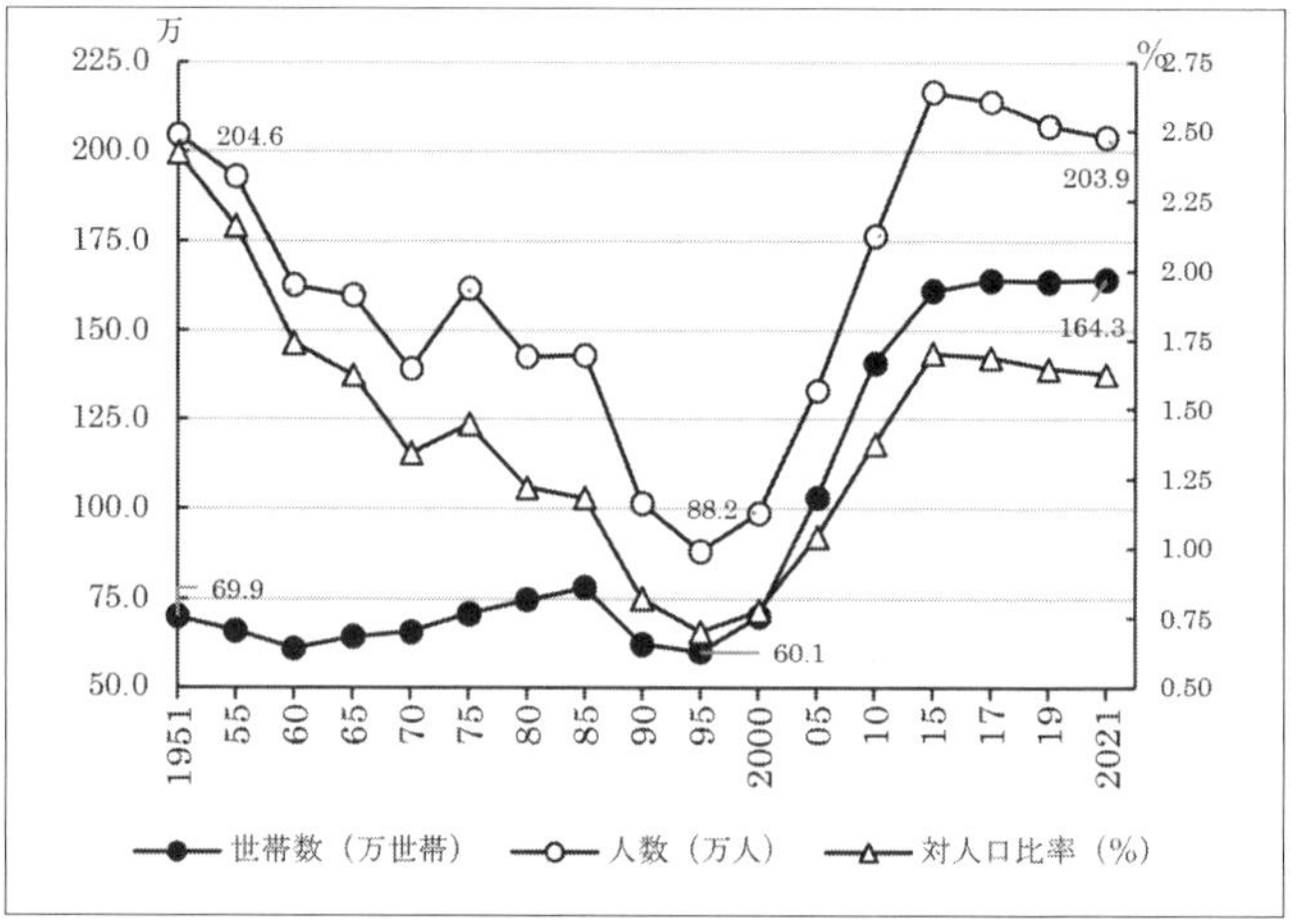

図2　生活保護世帯数と人数の推移

済の復興を追従するように、四十五年の経った一九九五（平成七）年には、世帯数で約一〇万減の約六〇万世帯、人数で約一一六万減の約八八万人（総人口の〇・七％）にまで減少し、ここで底を打っている。ところが、二〇〇〇（平成一二）年以降のグラフはそれまでとは大きく異なり、世帯数、人数ともにその後の十五年間で急増している。そして、直近の二〇二一（令和三）年では、一六四万世帯、二〇四万人（総人口の一・六三％）が生活保護を受けていた。この間にこの激しい変化を裏付けるような社会の低落があったとは考えられず、これにはもう一つの何らかの要因が絡んでいるように思われる。

生活保護世帯数の世帯類型別推移

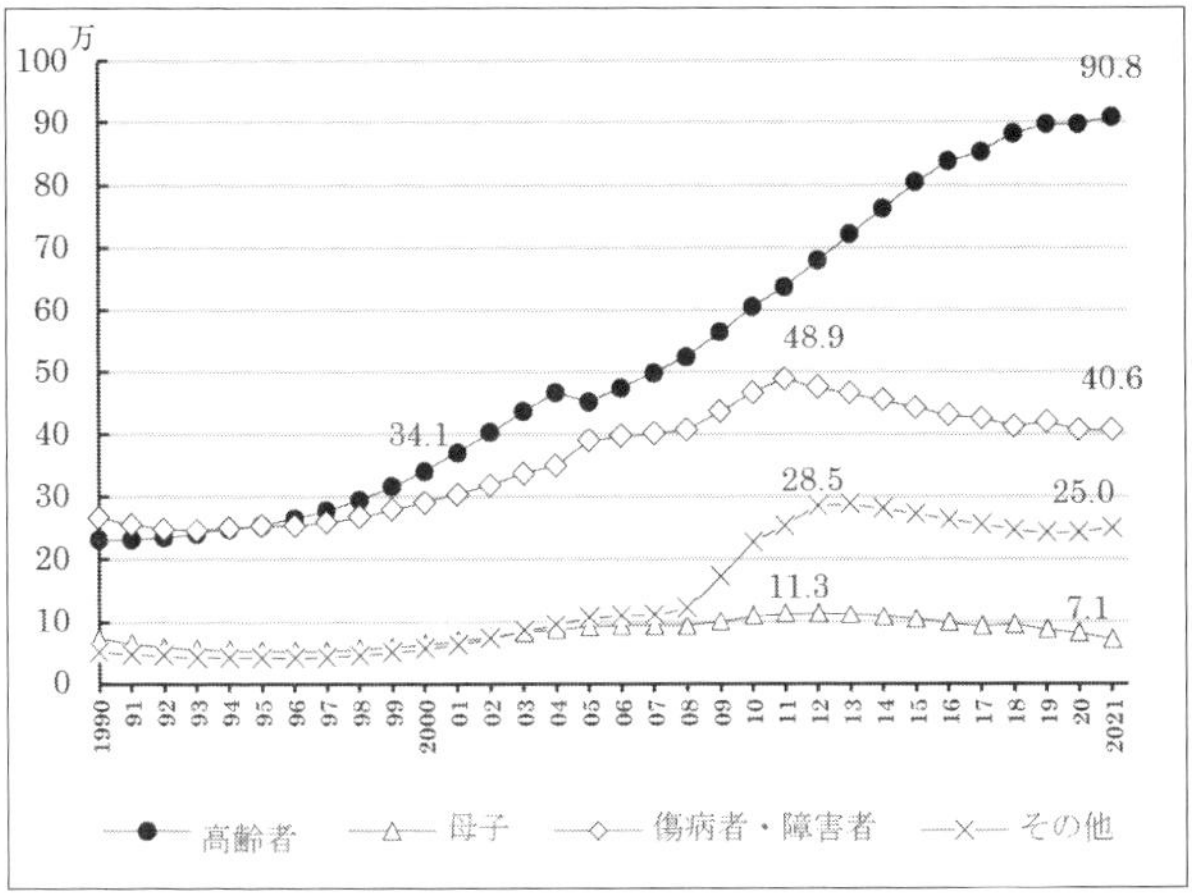

図3　生活保護世帯数の世帯類型別推移

二〇〇〇年以降の二〇年間に約一〇〇万という生活保護世帯数の急激な増加が何に基づいているのかを知るために、その数を世帯類型別に高齢者、母子家庭、傷病・障害者、その他の四型に分けて捉えてみた。図3は一九九〇年以降二〇二一年までの経緯を示してある。二〇〇〇年まではほぼ横ばいであった曲線が、そこを境にその後の変化が類型別に大きく異なっていた。すなわち、母子世帯、傷病・障害者世帯およびその他の世帯は、二〇一一年をピークにしてそれ以降はほぼ横ばいか減少しており、二〇二一年には図に示した数値になって合わせて約一六万世帯が減少していた。それに対して、高齢者世帯は二〇〇〇年の三四万一〇〇〇世帯から二〇二一年の九〇万八〇〇〇世帯にまでほぼ同じ傾きで増加しており、他とは大きく異なる経緯になっていた。その増加率は二〇〇〇年の二・六倍に達した。

この分析から、生活保護世帯の推移を要約すると、母子、傷病・障害、その他の三世帯ともに二〇一一年をピークにそれ以降はやや減少の傾向にあるのに対して、高齢者世帯のみが増加を続けていることだ。したがって、生活保護世帯全体の増加は、もっぱら高齢者世帯数の増加によってもたらされていると言えそうである。

生活保護の認可条件と扶助項目

ここで生活保護を受けるための規約について触れる。それには生活保護法に定められる四つの厳しい条件を満たす必要がある。それらは、

- 収入が最低生活費を満たしていないこと
- 病気やけが、その他の事情でやむなく働けないこと
- 全く資産が無いこと
- 三親等（曽祖父母、祖父母、父母、子、孫、ひ孫、兄弟姉妹、甥・姪、おじ、おば）

以内の親族に援助してくれる身内がいないことであり、これらを満たした人たちが世帯単位で申請を行うことができる。そして、生活保護世帯として認可されると、一律になにがしの給付を受けられるのではなく、以下の八つの扶助項目に従ってそれぞれの扶助費を受けられる仕組みになっている。

・生活扶助：食費・被服費・光熱費等
・住宅扶助：アパート等の家賃
・医療扶助：医療費
・介護扶助：介護費
・教育扶助：義務教育を受けるために必要な学用品費
・出産扶助：出産費用
・生業扶助：就労に必要な技能の修得等にかかる費用
・葬祭扶助：葬祭費用

生活保護予算と扶助項目別比率の推移

図4に生活保護費の国家予算と、その使用内訳を扶助項目別の比率の推移で示した。二

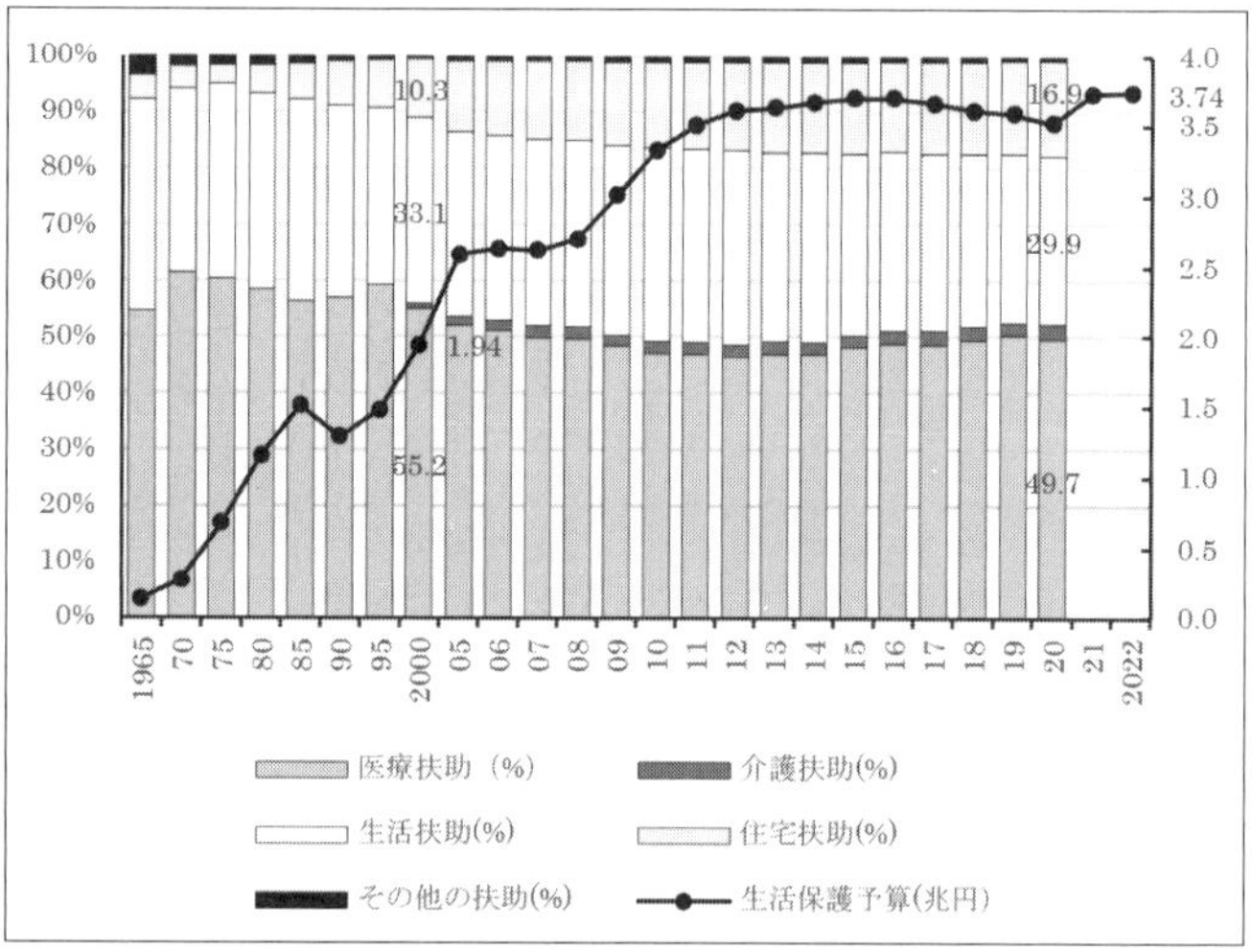

図4　生活保護費の国家予算と使用内訳の比率の推移

〇〇〇（平成二二）年に約一兆九〇〇〇億円であった生活保護予算は、保護世帯数の増加に伴って増額していき、二〇二二（令和四）年には三兆七四〇〇億円に達した。そして、使用内訳の推移を項目別の比率で見ると、二〇〇〇年には医療扶助が五五・二％、生活扶助が三三・一％で、全体の八八・三％を占めた。そして、住宅扶助は一〇・三％と少なかった。その後に医療扶助と生活扶助の比率が緩やかに減少し、二〇二二（令和四）年では、七九・六％と二〇〇〇年に比べて約九％減少している。一方、二〇〇〇年に一〇・三％であった住宅扶助はその後に漸増しており、二〇二〇（令和二）年には一六・九％を占めた。

　ここから、生活保護国家予算は増加の一

路をたどっていることと、その使用内訳の比率では住居扶助が増加しており、その分、医療補助と生活扶助の比率が若干減少してきたと言えよう。

ここまでの分析結果を小括すると以下のようになる。

・生活保護世帯は二〇〇〇（平成一二）年以降で急速に増加している。
・それは高齢者世帯の増加に基づいている。
・生活保護予算も増加し続けている。
・その使用内訳では住宅扶助に増加の傾向を認める。

介護保険施設に入所した場合の費用の内訳

図1から4までの分析結果から、高齢者の動向が今世紀に入ってからの生活保護制度の急速な変貌に関わっていると推測できた。そして、そこには高齢者と生活保護とを結びつける今まではなかった新たな接点がありそうに思われた。そこで、同じ二〇〇〇年に発足した介護保険制度との関連を探ってみた。

すでに前項で触れたように、高齢者を社会で看ることを目的にした介護保険制度では、在宅、通所、入所による事業が多岐にわたって展開されている。それらのうち、生活保護制度とのかかわりを探るために、高齢者が施設に入所した場合にかかる費用とその財源に限って掘り下げてみた。高齢者がある介護施設に入所したとしよう。その場合の費用は、現物給付としての介護料（公的費用）と、それ以外に必要な住居費や食費などの日常経費（私的費用、自己負担金）から成り立っている。このうちの公的費用としての介護料は、法で定められたいわば共通項であり、図1に示したような分担比率をもって事業者に支払われ、各事業者間で大きな開きは生じえない。一方、私的費用としての自己負担金は、その全額を本人が事業者へ支払うのである。しかもその金額は、あくまで事業者と利用者との契約から成り立っており、事業者の意向が強く反映される。この制度が開始された当初こそは、住居費や食費などの日常経費に一定の目標額が提唱されていたが、入所希望者の方が居室数よりも圧倒的に多いという現実を追い風に、事業者は、居住環境の整備や食事の内容の改善などのほかに、共益費、協力費、積立金という名目をつけてその金額を徐々に釣りあげてきた。そして、今や、合算して月に二〇万円をゆうに越すほどになっているという。この金額は高齢者に支給される老齢基礎年金だけでは賄いきれず、高額の追い金を本人ないし家族が背負うことになる。

ある事例

これは、私の友人から聞かされた話である。七〇歳になって現役をすでに引退した彼には一〇〇歳に達しようとする両親が健在であった。両親は彼の実家で、都会に出ている彼とは離れて生活していた。彼は週に一から二回を実家へ通い、掃除洗濯やら買い物を手伝って様子をうかがってきた。こんな生活を長く続けてきたのだが、両親の加齢に伴った物忘れなどがひどくなり、いよいよ離れての生活に限界を感じるようになった。さりとて今さら、住み慣れた田舎を離れて都会の家に同居させるという扱いには抵抗があり、どうしたものかと思案に暮れていたという。

そんな時、実家の近くに住んでいた両親の友人が新しくできた介護施設に入ったと聞かされた。そうか、そうすれば両親は住み慣れた土地で同じ空気を吸いながら生活できるし、自分も安心できると考え、その施設に預けることにした。そして入居の話し合いにでかけたところ、事業者から預かり金として一人一〇〇万円を請求され、私的費用（自己負担金）は月々一人約二〇万円になりますと告げられたという。

両親合わせて月に四〇万円の負担は重いと感じながら、それでも年金と両親の蓄えを切り崩していけばよいかとそれを承諾したという。こうしてお世話になることにしたのだが、両親の蓄えはじきに底をつき、ついに自腹を切って負担金を工面しなければならなくなった。その額は年金を除いて月に三〇万円にまで膨らんだという。

彼自身もすでに現役を退いており、月に三〇万円の負担は自らの生活にも支障をきたすほどになっていった。そこで困り果てた彼が、施設の担当者に窮状を訴えたところ、考えてもいなかった入れ知恵を教えられたという。それは、ご両親の戸籍をあなたから分離してこちらの施設へ移し、独立した世帯へ変更しなさい、そうすれば収入の満たないご両親は高齢者世帯として生活保護を受けられる、そして、そこから住居扶助費や生活扶助費をいただければ、それに老齢基礎年金を合わせて自己負担金を賄うことができる。そうなれば、あなたが自腹を切らずに済みますと教えられたという。

そんなうまい話があったのかと彼はすぐにそのための手続きをとって両親を除籍し、施設へ籍ごと移したという。

事業者の高齢者を介した公費の転用？

この話を聞かされた瞬間に、私が生活保護制度に関して抱いてきた疑問、すなわち二〇〇〇年以降に認められるそれまでとはまるで違う動きを解き明かす糸口が見えてきたのである。つまり、この方策が流通したことが、二〇〇〇年以降に認められる生活保護世帯数の急速な増加、そして、それが高齢者世帯数の増加に基づくという事実、さらに、国家予算の生活保護費の増加、なおかつ、その使用項目で住宅扶助費が増加してきたことの一因をなしているのではないかと思われたからである。生活保護を受けるというかつてあった体裁の悪さを頬《ほお》かむりさえすれば、この方策を使って私的費用を大幅に賄うことができ、その意味では家族にとってもまさに朗報になる。そして、高齢者を預かる事業者は、私的費用（自己負担金）の徴収源を確実に確保でき、まさに一石二鳥になるのである。

　この仮説を確かなものにするためには、単に友人から聞かされたことだけではなく、施設にいて生活保護を受けている高齢者の実態を社会の高齢者と比較して詳しく調査する必要があり、それの難しい現状ではあくまで推論の域に留まっていることは承知している。それはともあれ、生活保護制度の推移に関する疑問を介護保険事業の進捗と結びつけて推論できたこと自体は、私なりに納得できたのだが、一方で、私は、どこかおかしい、何か狐に包まれたような思いから抜け出せないのである。

　今ここで考えねばならないことは、私的費用（自己負担金）をだれが支払うかという問題である。高齢者やその家族に充分の余力があれば、自己負担金を自腹で支払えばそれで済まされる。一方、私の友人のように私的費用が家族の負担になってきた時にどうするかということなのだ。こういった高齢者は、自己負担額が老齢基礎年金額程度に抑えられている施設へ移るか、自宅へ帰る以外に方法がないのだ。一方、事業者は支払い能力のある入所希望者がいる限り私的費用に対する姿勢を崩さないであろう。

この狭間で考え出された方策が、生活保護制度を使った資金の捻出であったのだろうか。つまり、一見、誰にも損のない方策として、生活保護を受けるという、本来、介護保険制度とはかかわりのない方策を考えだしたのだろうか。事業者からみればこの方策はあくまで合法的であり、誰からも非難されることではないと言われるに違いない。しかし、生活保護費の財源のすべてが国民の血税から成り立っているという原点（図１）に立ち返って考える時、高齢者を恣意的に生活困窮者に仕立てて生活保護費を捻出させ、それで介護施設の自己負担金を賄わせる方策は、私には本来の目的から離れた公費の転用として見えてくるのである。

傷痍軍人や夫を戦争にとられた寡婦などを救済することを大きな目的にして発足した生活保護法の理念に立ち返って考える時、そしてまた、家族から疎ましく思われるようになった高齢者を社会が看るという介護保険法の理念をも併せて考える時、自己負担金というまみに付け込むように企業化されたといわれる介護施設の運用に生活保護制度を転用する考え方は、私には殺伐とした自己中心的な世相の証しに見えてくるのである。

参考資料

・介護保険法：平成九年、平成二四年
・生活保護法：昭和二五年、
・財務省：国家予算決算及び統計
・厚生労働省：生活保護世帯数等関係：社会保障審議会生活困窮者自立支援及び生活保護部会
・厚生労働省：生活保護費負担金実績報告
・総務省：生活保護世帯類型別被保護世帯数及び世帯保護率の年次推移
・総務省：生活保護の扶助別保護費の年次推移　　など

世相の移りと日本の将来

焦土からの復興

昭和二〇年（一九四五）年八月一五日、日本は昭和天皇の決断によりポツダム宣言を受け入れて太平洋戦争が終結した。それは私が小学校一年の時である。

わが国は無条件降伏を宣言させられ、国家としての主権を失い、以降七年間を連合国占領軍総司令部（ＧＨＱ）によって支配されることになった。ＧＨＱはそれを契機に、天皇を現人神から一人の人間へ改め、軍部を背景にした帝国主義を一気に瓦解した。そして、男女平等を説いて女性に参政権を与え、農地改革をして地主制度を廃止し、さらに教育制度を改めるなど民主国家としての数多くの施策を打ち出した。これらの大変革は、終戦直後の社会に収めようのない戸惑いと混乱をもたらした。しかも国民はそれらを敗戦という絶望の淵で受け止めねばならなかったのである。しかし、日本国民は、「焦土からの復興」を共通目標に定めて、芋づるやスイトンを食べながら著しい経済的困窮を耐え忍び、不屈の精神力で立ち直ったのである。

戦後十年が経って昭和三〇（一九五五）年代に入ると、国情が安定し始め、日本は新たな時代へ入っていった。つまり、平和国家としての新憲法の理念が浸透するにつれて、産業が一気に発展して高度経済成長時代へ入ったのだ。それには石炭に頼っていた燃料が石油に取って代わり、同時に油を原料にした種々の産業が開発されたことが強く後押しした。その勢いは経年的に増していき、昭和四五（一九七〇）年のＧＮＰ（国民総生産）を世界第二位にまで躍進させている。

この間に医学も急速に進歩し、合わせて医療技術も飛躍的に発展した。そして、昭和三六（一九六二）年に国民皆保険制度が発足して医療保険の本格稼働が始まっている。さらに、経済力の安定から弱者救済の余裕が生じ、その時点で根治の難しい人たちに対する社会保障の理念が目覚めている。

戦後三十年を経て昭和五〇年代に入ると、わが国は経済大国に留まらず、文化国家として認識されるようになった。ノーベル賞受賞者が輩出し続け、優秀な頭脳を持ち合わせる国民として世界に再認識されるようになった。そして、国民の栄養状態は著しく改善され、医療技術が進歩したことと相まって平均寿命が急速に伸びていったのである。

このように国民の生活が安定する中で世相はどのように変化していったのだろう。敗戦を契機に、それ以前の「お国のため」という帝国主義の理念が一夜にして「個人を尊ぶ」自由主義に改められたが、国民はいきなり与えられた自由の意味を理解できないまま、当初はどのように生きるのが良いか戸惑うばかりであったと思われる。その中で、大多数の国民は個人の生活をより向上させることに執着するようになり、なかんづくひたすら物質を追求する方向へ転じていったのである。それに伴って女性も社会に出て働くようになり、それらは既存の家族形態に歪みを生じさせ、古来の大家族制が崩壊して核家族化が急速に進んでいった。それが出生率を急速に鈍化させる一因になったのである。

戦後七十年を経て平成（一九八八年から）に入ると、社会は飽食が許されるほどに安定した。つまり、平和社会が爛熟し、個人を尊ぶ自由主義がさらに浸透していったのだ。そして、物質を上へ上へと際限なく追求する通念が加速し、それに伴って女性の就労と核家族化が一層進んでいったのである。一方、日本人が持ち続けてきた「先人に孝養を尽くす」とか「慈烏反哺」といった老人を労わる美しい通念は、父母を置いてまでも個人をひたすら大切にする世相に毒されたかのようにはかなくも減衰していった。その挙句、老人はひとり家に残されるか、独居を強いられ、あるいは病気からではない社会的入院をさせられる現象が認められるようになったのだ。つまり、老人が家族のために辛抱をする世相になったと言い換えることができよう。

日本国憲法は第二五条によって、国民は健康で文化的な最低限の生活を営む権利を有し、国はそれを援助しなければならないとしている。終戦後間もなく創ったこの社会保障制度の当初の目的は、傷痍軍人の生活保障や戦争で寡婦になった母子家庭への援助などの生活保護が主たるものであった。そして、その後に年金保険や医療保険が加わり、世紀が変わると介護保険も導入されたのだ。つまり、家族から疎ましく思われる老人を弱者ととらえ、そこに社会保障の理念をつぎ込む考え方が芽生えたのだ。

破綻をはらむ社会保障費の増加

ここまで述べてきたように、わが国は社会の安定と医学の発展によって平均寿命が著しく延長し、一方で女性の社会参加や核家族化の浸透から出生率が急速に鈍化した。その挙句、六五歳以上の老人が占める比率（高齢化率）が漸増し、総人口の二五％以上を占めるまでになった。つまり、四人に一人が六五歳以上ということなのだ。この傾向は当分の間続くであろうとされている。

したがって、高齢者にどのように対峙したらよいのかが国民の大きな関心事になっていった。なかんづく高齢者を含めて収益の得にくい人たちをいかに援助するかの問題である。それは国家予算の中の社会保障費（国民年金、医療費、介護費、社会福祉、生活保護費などから成る）の動向を検討すれば容易に理解できるのである。そのおおざっぱな動きは、介護保険制度が始められた平成一二（二〇〇〇）年の社会保障費は一六兆八〇〇〇億円で、それは一般歳出の三五％に留まっていた。つまり、それ以外の六五％の予算は、防衛費、文教費や公共事業費などに配分されていたのである。

しかし、驚くべきことに社会保障費の実数が毎年約一兆円ずつ増加し続け、二十三年が経った令和五（二〇二三）年度は、なんと三六兆九〇〇〇億円になり、それは一般歳出の五一％を占めるまでに膨らんでいるのである。したがって、それ以外の一般歳出の予算比率は四九％と、平成一二年度から一六％も減少しているのだ。だから国はこの比率の上昇を何とか食い止めようと国債や消費税から予算総額を増やすなどで対応しているが、歯止めがかかって来たとはいい難いのが現状なのである。社会保障費がこのペースで増加していくと、一〇年を待たずして約四〇兆円に達すると予測され、ここに何らかの改革をなさない限り国家予算の枠組みが崩れ、日本は抜き差しならない状況に陥ると予測されるのである。

危機を脱するための方策

私は、この社会保障費が膨れ上がる現象を自由主義と物質社会が進みすぎた結果であるととらえている。つまり、世の繁栄こそが自らの幸せにつながるという物質主義が重視されるがあまり、老人をいたわり、子どもを大切に育てるといった実利にはつながらないが実は非常に大切な習わしが失われていったことに根本的な原因があると考えている。にもかかわらず、行政は近視眼的な視点から老人を商品のように扱う介護事業を認可し、また、女性の就労にとって足かせになる育児に関しても種々の保育制度を施行してその活用も是としてきた。私はこういった家族を物理的に扱うまさに物質的な施策を考え直さない限り、日本の将来は極めて危険な方向へ向かっていくと考えている。なぜならば、財政的な行きづまりもさることながら、もっと根本的に、多くの犠牲を払って家族のために辛抱をしている人が身近にいることを承知しながら、なおも物質を追求し続けることで本当の幸せが来るとは思われないからである。

それでは、これから先はどういった生き方を求めたらよいのだろう。それを探し当てるために今やらねばならないことは、国民一人ひとりが一度立ち止まって自らの影を見つめ直すことだと考える。例えば、介護保険制度という手厚い援助があったにしても、本来ならば自分の家にいて当然の老人を家族から離して辛抱させ、寂寥とした終末期を何もわからない施設で迎えさせることが、果たして家族の真の幸せにつながるのかと考えてみるがよい。

また、〇歳児保育と称して生まれて間もない乳児が、乳房のぬくもりや母の匂いも知らないうちから家族のために一定時間を切り離され、日々で変わる保母の臭いを嗅がされている現状がある。赤ちゃんはどの匂いを母として認識したらよいのだろうか。実は、母子関係の構築のためにはこの時期が最も重要であり、この時期こそを母子が共に過ごして親子の絆、それはやがて人の輪の源になるが、それを深めていかねばならないことも思い出してみるがよい。

さらに、学童が家に帰っても「ただ今、お帰り」と掛け合う言葉もないまま、ひとりゲームに明け暮れる生活を強いられる現状もある。実は、この掛け言葉から、学童は学校や友達との軋轢から解放されて家族の温みに安堵し、母は学校での状況や体調までを瞬時に感じ取ったことも思い浮かべてみるがよい。

こういった、金では買えないが実は何よりも大切な習わしを切り捨てた生活が子どもたちの成育にどのような影を落としていくか、想像しただけでも背筋が寒くなるのは決して私だけではありますまい。

そこで、私は次世代を担う若者に考え直してほしいいくつかの点を挙げておきたい。

まず自由主義とはなにか考え直してほしいのだ。それは個人を尊ぶことばかりではないということに気付いてほしいからだ。そして、物質のもつ価値を再認識してそれをどこまで追求するつもりなのかを考え直し、あるところで歯止めをかけてほしいのだ。物質を上へ上へと追及したとてそれはかりそめの喜びにしかなりえないことを知ってほしいからだ。

さらに、真の男女平等とは何かを理解し直してほしいのだ。どちらが偉いということでは決してなく、生物学的な質の違いを知り、共に尊重し合う関係を作り出してほしいのだ。

そして、かつてあった日本古来の美しく豊かで心温まる世相を思い出し、同時に、島国である意味純粋培養されて優秀な遺伝子を獲得できた国民としての誇りをもって、科学、文化、芸術などを高く評価し、そこに若者を引き付ける世の中になってほしいと考えている。

第五章　移りゆく町のいとなみ

火の見櫓

日本古来の家屋が茅葺きの木造であったことから、いったん火が出るとしばしば大火につながり、それが歴史を塗り替えかねない事件になった。それはたちまちにして市中をなめ尽くすほどの勢いになったからである。したがって住民の失火に対する意識は非常に高く、火消しと呼ばれた人たちは高く評価され、それは消防士と名前が代わってからも変わらなかった。

しかし、火消しの常勤するところがあったわけではなく、失火を知らされると地区の消防団を構成する各々が仕事を投げうって火消しに変じ大急ぎで現場へ駆けつけたのである。その人たちの家の玄関には、すぐに出動できるように頭巾と消防服、それに長靴や鳶口《とびぐち》などが常備されていた。

電話などの通信網の乏しかった昭和三〇（一九五五）年頃までは、失火を知らせる手段として各地区にさまざまの高さの火の見櫓《やぐら》があった。火が出ると、そこへよじ登って先端に吊るしてある半鐘を鳴らして住民に知らせ、火消しにはそれが集合の合図になったのである。豊橋地方にも櫓とは言えない梯子《はしご》を立てただけの小さなものから、鉄骨の火の見櫓（渥美郡二川町）までが方々に立っていた。

豊橋常備消防署

豊橋市は昭和八（一九三三）年に公会堂の東隣にポンプ車一台と十六人の常駐消防士を抱えた豊橋常備消防署を初めて開設した。写真はその時の記念写真である。そこは私の生家の道路を隔てたほんの目の前であり、当時としては傑出して高かったのであろう火の見櫓を備えていた。櫓は鉄骨で造られており三三メートルの高さがあったという。途中に三つの踊り場を設置して、四本の梯子を九十九に登る仕掛けになっていた。そして、最上部に屋根を敷いた四角形の望楼部を設け、消防士がそこから二四時間体制で街中を見守ったのである。交代のたびに上り下りする消防士の姿を家の二階の窓から手に取るように眺めることができた。

失火が発見された時の動きは凄まじかった。火の手や不審の煙が発見されると、けたたましいサイレンの音が署内に響きわたり、待機していた消防士は消防服を纏《まと》うのももどかしく消防車に飛び乗った。そして、車上にある小さな鐘を「カン、カン、カン…」と鳴らしながら飛び出していった。サイレンの音は道路を越えて私の家まで響いたので、それが聞こえると私は、「火事だ」と言って反射的に自転車に飛び乗り消防車を追いかけた。中学生になった昭和二七（一九五二）年頃の話である。そして、失火の場所に追いつくと、ロープの張られた最前列から火の粉が飛んでくるのも構わずに消火活動を見守ったものである。

その頃には火を燃やすことに対する規制がなかったので、寒くなるとたき火をして暖を取ったり焼き芋をつくったりする習慣があった。櫓の上からではその煙と失火との区別が難しかったようで、ときにたき火を失火と間違えて出動することもあった。それがたき火だったとわかるとすぐに引き返してきたが、その時の消防車のエンジンを切るどこか力の抜けた音から間違えたなとわかった。今世紀に入ってから、たき火は基本的に禁止され、行事などで止むを得ず行う場合でも消防署への届け出が必要になった。あの懐かしい冬の団らんの場はもう見られなくなった。

私が通った八町小学校では、何学年かは忘れたが社会科の授業の一環として消防署を訪ねることになっていた。消防署のお話を聞き、消防車を見せてもらいながら火災の安全教育を受けたのである。消防署の周りは日ごろから私の遊び場の範中にあり、誤って敷地内へ入ってしまった野球ボールを返してもらったりするうちに消防士とも顔見知りになっていった。だから学校から訪ねた時も私を見つけると、「おや、いつもの坊だ」と指さされたりした。

そんなことがあったある日、ある消防士から「坊主、櫓に登ってみないか」と声をかけられたのである。願ってもない機会だと、すぐさま「うん、お願いします」と答えた。今では考えられない違法行為であることに違いないが、当時はおおらかと言おうか他の消防士も見て見ぬふりをして、「気をつけろよ」と言って送り出してくれた。消防士に後ろから羽交い絞めされるように包まれて登り始め、すぐに初めの踊り場に着いた。そして、折り返して次の踊り場にまで登った。もう二〇メートル

『豊橋消防』創刊号(昭和26年10月から引用)。背後に公会堂が見える。

くらいの高さに達しているはずだ。隣の公会堂を見下ろす高さになっていた。地上ではなかった風が顔に吹き付けわずかに恐怖が走る。消防士は、「ここで半分だがもっと行くか」と気遣ってくれた。怯《ひる》んではいられないと、「うん。行く」と強がった。そして、次の踊り場まで来るとそれまでとは違って、櫓はゆっくりと揺れるように動いており、北側の山から寒風がヒューヒューと音を立てて煽ってきた。「ここまでだな」という消防士の見透かしたような言葉に、私はすぐさま「そうする」と答えた。実は怖かったのである。

降り始める前に四隅に張られた手すりにつかまって改めてまわりに目をやると、今のような高層マンションなどのさえぎる物のなかった当時では、ここからでもはるか遠くまでを見わたすことができた。

西に豊橋駅の木造の建物や、前芝や牟呂《むろ》の部落を越えて向こうの三河湾から渥美半島を遠視でき、目を南に移すと柳生《やぎゅう》橋から高豊に続く広い田園地帯を経て太平洋の白波までを定めることができた。そして、東から北側を見ると、多米《ため》峠や石巻山から本宮山に至る赤石山脈の山並みが遠くに連なって見え、その手前には曲がりくねった豊川《とよがわ》の流れが下条から牛川、そして大村から下地《しもじ》部落を包む三州平野に解かれた帯のようになって横たわっていたのである。

移りゆく消防署のいとなみ

こんな悠長な時代を経て、世の中の移り変わりに合わせるように消防署の業務内容にも大きな変化が訪れた。その波は豊橋市にも押し寄せたが、その中で最も大きかったことは業務内容に救助や救急搬送業務を取り入れたことであろう。そのために、消防署には赤い消防車の他に白い救急車が並ぶ時代になった。こういった業務の多様化に合わせるように消防署の地域化も進められた。その結果、現在の豊橋市の消防に関する行政機構は、消防本部を市役所内に設置してここで統括し、実務を中消防署（東松山町）と南消防署（曙町）の二カ所に分けて行っている。そして、各消防署管内に数カ所の分署や出張所を設けてより迅速に対応できる体制を整えている。

私の生家の真ん前にあった豊橋常備消防署がどうなったかというと、ここも押し寄せる世相の流れに飲み込まれていった。つまり、電話などの普及によってより早く失火を知らされるようになったことと、高い建物が林立してその陰になった火の元を発見しにくくなったことなどから、火の見櫓からの見張り業務が漸次形骸化していったのである。そのあげく市民を安心させ、私にとってはいくつかの思い出の詰まったほのぼのと牧歌的な見張り人の姿は、役割を終えたとして昭和四三（一九六八）年から見られなくなった。わずか三十八年の命であった。そして、その四年後の今から約五〇年前に櫓も撤去されている。さらに、増え続ける消防車や救急車を収めるスペースを取れなくなったとして平成五（一九九三）年に署そのものが東松山町へ引っ越し、名前も豊橋中消防署に改まったのである。やがて建物も解体された跡地にはかつてあった消防署の面影は何もなく、今は国道をまたぐ歩道橋のらせん階段やエレベーターに取って代わっている。

ちなみに豊橋市消防本部から報告された令和三（二〇二一）年度の業務実績によると、出動総件数は一万五三七九回であったが、そのうち本来と言おうか赤い消防車を使った消火活動はわずかに一〇〇件（〇・六五％。うち家屋の火災は三九件）に過ぎなかった。一方、白い救急車の活動が残りの回数を占めたが、そのうち建物の崩壊や交通事故からの救助活動が二六五件（一・七二％）であり、残された一万五〇一四件（九七・六二％）がなんと急病患者などの救急搬送であったのである。

今や消防署業務の大半は火消しではなく救急搬送業務と言っても過言ではない時代になった。とくに急病の搬送が九九九六件（六六・五八％）と突出して多かったことは、かつて住民にあった「一一〇番や一一九番電話は切羽詰まった非常の時でなければ使ってはいけない」という意識は消え失せ、代わって「市民の権利としてあたかもタクシーを呼ぶようにコールしてもかまわない」へ変わったことの証しなのであろう。火消しに対する畏敬の念などはどこへ行ってしまったのだろう。私はどこかおかしいと思っている。

天王の渡し

川や海を渡る人工的な手段として橋と舟がある。日本の橋の記録は古く、京都の宇治川に宇治橋ができたのが西暦六四六年であったという。しかし、さっそく造った橋も木造のうえに治水技術が未熟であったせいか大水などで簡単に流されてしまったようだ。

十八世紀に始まった産業革命によって鉄の生産が容易になると、木造に代わって鉄を使った橋梁技術が一気に浸透し、それに伴って橋文化が開花したとされている。一方、平舟（和船）を使って川や海を渡る渡船はいつからと定めにくいが、橋のできる前からあったことに間違いはあるまい。とくに、地形や城の防衛上の理由から架橋が困難であったり、しなかったりした地域では長らく渡船が主要の通行手段になってきた。

私の生家のある豊橋市には豊川という一級河川が流れている。水源は仏法僧で知られる奥三河の段戸山（鷹ノ巣山）である。そこから発して鮎釣りで人気の寒狭川《かんさ》という川になり、長篠の戦で知られる長篠城で宇連川《うれ》（通称・板敷川）に合流して豊川と名前を変えている。そこからは川幅を約七〇メートルにまで広げながら豊橋市内へ入りやがて三河湾へ注いでいる。この川は年中水かさの変わらないことに一つの特徴があり、豊富な水量は川の両側に広がる三州平野を潤している。

豊橋市内に入ると川の流れに沿って左側に市街地が、そして右側に田園地帯が広がっている。そこへ行き来するためにいくつもの橋が架けられているが、私の子どものころの昭和の初めには、最も海に近い前芝地区から蒲郡方面へ向かう国道二三号線（通称蒲郡街道）のための渡津《わたつ》橋があり、その約二キロメートル上流に国道一号線（昔の東海道）を舟町から下地地区へ通す豊橋《とよばし》があった。そして、そこより上流には川を北の要塞にして建つ吉田城があったためにずっと橋はなく、約八キロメートルも離れてようやく奥浜名湖から豊川市方面へ向かう国道三六二号線（通称姫街道）を通す当古《とうご》橋があった。

これらの橋の近くの住人はそこを通って対岸へ出ればよかったが、豊橋と当古橋の間の住人にとっては、家のすぐ前を流れる川の向こう側の田圃へ行くためにわざわざ橋を使っていたのでは随分と遠回りになり、それよりも昔からあった舟で川を渡った方がより早く便利であったのである。

そんな理由から豊橋と当古橋の間には二カ所の渡しが残された。左岸の牛川地区から右岸の大村地区へ渡る「牛川の渡し」と、それより上流の下条地区から豊川市諏訪地区へ渡る「天王の渡し」である。両方の渡しとともに、ずっと古く平安時代に各地区の有志の発案で始められたとされている。そのあと、明治末期に当時の牛川や下条地区が属していた下川村の村営事業になり、そこが豊橋市に合併された昭和七（一九三二）年からは市が管轄するようになった。それに伴って舟は市によって調達され、船頭は市の職員という立場になった。つまり公の通行手段という位置付けになったのである。

そして、昭和五三（一九七八）年に天王の渡しの近くに下条橋が創設されたのを契機にこの渡しは廃止されたが、それより下流にある牛川の渡しは現在に至るまで続けられ、大村地区との往来に欠かせられない通行手段になっている。それのみか、渡し船という珍しさから、今や市の貴重な観光資源になっているという。

私の患者さんにしづ江さんという九四歳になるおばあさんがおり、高血圧と軽い心不全があって通院している。私は診察の合間に患者さんと四方山話をすることを楽しみにしており、そこから彼女がゲートボールの名手で今もいくつかの大会を制するほどの腕前であることを知った。また、カラオケの常連でもあり、友達のいない時には一人でも行くほどであることも知らされた。こうした彼女の年齢を感じさせない一途の気概がどこから来ているのだろうと、ある時、「しづ江さん、若い時はどんな過ごし方をしていたの」と質《ただ》してみた。すると、「実は昭和三二年から渡しが廃止された五三年までの約二〇年間を天王の渡しの船頭をして過ごしました」と話し始めた。それまで勤めていた人が引退されたのでその後を継ぐように夫婦で市に採用されたのだという。

ここからは彼女から教わった話である。

舟には大型と小型の二種類があって、天候と川の流れから使い分けたという。鉄製で幅広の箱舟（写真）は平時に用いられ、人のみならず、牛や牛車、それにリアカーも自転車も乗せられるほどの大きさであったという。いまひとつの小型の舟はトンガリ舟といってイタリアのゴンドラのように先が尖っており、川が荒れても水が入ってこないように工夫されていた。だから水かさが増えて流れの速くなった時に限って使ったのだそうだ。

箱船を操るしづ江さん夫婦

舟には動力は一切なく、船頭が長い竹竿を右や左から刺して動かした。竹竿は川の深さに合せて五メートル近くあり、先に木株の錘《おもり》をつけて川底へ沈みやすいようになっていた。重く長い竿を使った作業は、男衆はまだしも女衆にとってはかなりの重労働であったようだ。それに、ガラと称する仕掛けがあった。つまり、出発点と到着点に柱を立てて太いワイヤーを渡してあり、そこに鉄製の輪架を通してそれと舟とをロープで繋いであった。こうしておけば、船頭が激しい流れで操れなくなっても舟は流されずに済むというわけだ。舟が動くときに輪架とワイヤーがこすれて「ガラガラ」という音を立てたのでこう呼んだのだそうだ。

舟は定時運行ではなく、お客が来るとその都度動かした。だから雨の日も風の日も、朝から日の暮れるまで船着き場で待機していた。夕方になって住人が野良仕事から帰ってくると、牛や牛車も乗せて渡ったが、この時は特別重くしんどかったと懐かしむ。そして帰りの舟には、勤め人や学生さんを乗せて大村へ帰したという。日が暮れて誰もいなくなると舟を川岸の舟台に乗せて仕事を終えた。

ある時、夜のうちに水が出て舟が流されたことがあり、役所の上司から固定が甘いからだと大目玉を食らった。それに懲《こ》りてそれ以降は柱にしっかりと固定するように気を使ったと力を込めた。よほど堪《こた》えたのだろう。

しづ江さんは一メートル四〇センチほどの小柄な人でありながら約二〇年間を頑張り通した。そして、この間の住人の足になれたことが何よりの誇りであり喜びであったのである。私が、「父さんが竿を刺して、あなたがそれを助けたの」と質すと、言下に否定して、「私もちゃんと竿を刺しました」と胸を張った。この生き様であったからこそ、九〇歳を過ぎた今も自信にあふれるきりっとした立ち振る舞いでいられるのだろう。と同時に、そこで鍛えた体力が、ゲートボールのチャンピオンの座を保つ源になっているのに違いない。

日本一小さい村

日本一小さい村の地理

私が小学生であった終戦直後の社会科の授業に、ボール紙を等高線に沿って積みかさねて立体の地形図を作る授業があった。できあがった愛知県の立体地形図に市町村の名前を貼り付けながら、それらの位置や産物などを覚えていった。愛知県で標高の最も高い地区は北設楽《したら》郡と呼ばれる地域で、その北端で長野県と静岡県に接するところに日本一小さい独立した村があり、富山《とみやま》村ということを教わった。そのことがなぜか私の脳裏から消えずに残っていた。

地形図を見ると、ここは中央アルプスが長野県の南端の恵那山で途切れて愛知県の茶臼山になる所で、天竜川の西側にあたるが、どちらかというと川の東側にある南アルプスの山並みから分枝したようにも見える場所なのだ。私の生家のある豊橋駅を始点にしたJR飯田線は、豊川に沿うように途中の中部天竜駅まで走り、そこを過ぎると川から離れている。そして、しばらくすると今度は、諏訪湖に発して中央アルプスと南アルプスの底である伊那谷を流れてくる天竜川に沿って長野県の辰野駅まで登っていく。

富山村は、豊橋から登って佐久間ダムを過ぎたあと、静岡県水窪町の大嵐《おおぞれ》駅で下車して、天竜川を渡り、県境になる西側の急峻の崖を登ったところにある。新緑や紅葉が川に映えて美しいことで知られる大嵐から小和田《こわだ》や鶯巣《うぐす》や中井侍《なかいさむらい》などの秘境駅が天竜川の西側の崖下にへばりつくように造られていることからもわかるように、富山村の東側は高い崖になって天竜川に落ち込んでおり、愛知県側から見ればいわば突き当たりのような所なのである。

鉄道を使わずに陸路で行こうとすれば、豊橋からは、飯田線に沿うように走る国道一五一号線を登っていき、東栄《とうえい》で線路から西側へ離れて茶臼山の北の麓の津具《つぐ》へ入るルートと、名古屋からは国道一五三号線で豊田市の足助を抜けて茶臼山の西側へ至り、そこで岐阜県恵那市から来る国道二五七号線をとらえて南へ曲がり、ひたすら下ると設楽町田口《たぐち》に達し、そこから県道一〇号線に入って津具に至るルートがある。津具からは県道四二六号線や県道一号線の細い山道を東へ進めば、ようやく富山村、今の豊根村富山に達する。

田口や津具が、かつて鷹ノ巣山（通称段戸山）に御料林があったこともあって林業で栄えたところであり、飯田線の本長篠から鳳来寺山の登山口を抜けて田峯《だみね》を通り、田口に至る田口鉄道という森林列車が通っていた。全長二二・六キロメートルの木材運搬を主目的にした鉄道であった。その路線が昭和四三（一九六八）年に廃線になったあとは、前出の国道二五七号線が田口から鉄道を補うように走って本長篠で一五一号線と合流している。

富山村出身のMBさん

私の患者さんのMBさんがその富山の出身であると知ったのはごく最近のことである。それ以来、今年で一〇〇歳になった話術の得意の彼から富山のことを聞くのがとても楽しみになった。

大正一二（一九二三）年に愛知県北設楽郡富山村に生まれ、地元の学校を卒業したMBさんは、昭和一六（一九四一）年に当時の三信鉄道（飯田線の前身）に就職し、今は佐久間ダム湖に沈んでいる豊根口、山室、白神の三駅の天竜山室《やまむろ》駅に配属された。それ以来、海軍へ出征をしていた数年を除いて、富山村の姿をずっと見守ってきた。そこから確かな根拠をもって話をしてくれる。

富山村は、最盛期でも人口が約一〇〇〇人に過ぎなく、日本の「離島以外の市町村の中で最も人口の少ない村」であったという。私が学校で習ったとおりである。そして、昭和七（一九三二）年に中部電力佐久間発電所の建設が決まると、やがて村の約三分の一がダム湖に水没することになり、それに伴って離村する世帯が出始めたという。そこにはダム湖に水没するという直接的な事態に加えて、水没せずに残った人たちの生活も成り立たなくなるという切ない理由もあったからだという。

標高一三〇〇メートルに近い八嶽《やたけ》山のある富山村は当然のことながら林業や炭焼きで生計を立ててきた。切り倒した桧や杉の木を崖からおろして筏《いかだ》を組み、天竜川を下って静岡県の二俣《ふたまた》や掛川の製材所へ運んだという。ところが天竜川がダムで堰《せ》き止められると筏を組んで川を下ることができなくなり、それが村を離れるいま一つの理由になったという。

陸路の未開発の時代の話である。

川を筏で下るという材木の運搬方法のあることは、私の生家の近くを流れる豊川の川沿いに港町とか船町という町内があり、そこの船着き場に筏が着いて、材木を近くの材木屋や製材所に運び込んでいたことからもわかっていた。だから、ＭＢさんの言うことを確かなこととして受け止めた。

そして彼は続けた、村の人たちが皆で話し合った結果、集団で移住しようという話になった。昭和一〇年頃のことだという。開拓団と称していたという。行先は同じ愛知県内で温暖の地として知られる渥美郡田原《たはら》町の手前にある杉山村という地域だった。

はじめに一〇世帯がそこへ移住した。それと同じ年に同じ郡内の二川町細谷へ六世帯が移っている。それ以降、愛知県の後押しもあって、同じ渥美半島の高豊村へ一六世帯が、さらに戦後になって九世帯が同じ村へ移住しているという。合わせると四一世帯になった。

これらの移住は、やがて渥美半島に豊川用水が引かれて水の潤うようになる前になされたことであり、彼らは誰もいない乾燥して痩せた土地へ移っていったのである。そこを開墾して畑を作り、地下水をくみ上げてサツマイモを主体に栽培して生計を立てながら、戦時中の苦しい時代を生きたという。やがてこの地域に豊川用水が引かれて利水され、電照菊やイチゴ栽培などで潤うようになろうなどとは、想像すらできなかったとMBさんは述懐した。

私がよく覚えているねと言うと、MBさんは、村から開拓へ出る人と、村に残って頑張る人との間には軋轢《あつれき》があってね、私は村に残ったから出て行った人のことは覚えていると唇をかんだ。そして、ダム湖に沈まずに残された村は、陸路こそは完備されたものの、外国木材の輸入から林業もままならなくなってさらに過疎が進み、現在の人口は一〇〇人を切っているという。だから、行ってもらう誰もいないし、墓も移したからもう行かないと切り捨てた。

しかし、その言葉のどこかに「わが故郷《ふるさと》」という誇りを匂わせるのである。それは、数年前に亡くなった奥さんが初任地の山室の出身であり、彼女とともにした苦楽を何にも代えられない宝と思っているからであろうか。

終章　東京に新世界

東京には四本の大河がある。西のはずれに多摩川があって神奈川県と境えしており、東の端に江戸川があって越えれば千葉県である。多摩川が東京湾に注ぐところにある羽田空港と江戸川の河口にある東京ディズニーランドが門柱になってその中に東京湾の奥座敷が収まっている。奥座敷には隅田川と荒川が注いでいる。いわゆる都心と呼ばれる山手線の円内は隅田川の西側にあり、その中の品川、田町、新橋あたりが東京湾に接するようにある。一方、隅田川の東側から荒川を越えて江戸川までは、江東区や江戸川区になって古い街並みの残された庶民のたたずまいである。こういったおおざっぱな位置関係にあって、不足しがちの都心の居住空間を補うには、そこに近い海を埋め立てて土地を確保することであった。この近辺の海が隅田川や荒川から流れ来る土砂によって遠浅になっていることと、大型船の航路を確保するためになされる浚渫によって大量の土砂を獲得できること、さらに都民の捨てるゴミなども埋め立て事業を後押しした。

こういった事情を背景にして蒲田から海岸線に沿って荒川河口に至るまでの、つまり東京湾の最深部の埋め立て開発が進められたのである。その建設には日本の誇る護岸技術や建築学の財産がいかんなく発揮されたと思われる。つまり、隅田川と荒川の流れを妨げないように、そして東京湾の水質を保つための設計などとあらゆる角度からの検討がなされたはずだ。そして、出された結論は陸続きの土地を確保するのではなく、そこに接するような巨大な埋め立て地（人工島）を海上にいくつも造ることであったようだ。しかも、人工島相互もほぼ接するようにして、出来上がった全体からみると、あたかも運河の張り巡らされた水上の都にすることだったと思われる。それは水の行き来を細かく容易にして東京湾の水質汚染を防ぐためであったと考えられる。

そのはしりは、隅田川の河口に三角州をつくるように造られた月島であり、明治二四（一八九二）年に月島一号地として完成した。はじめは工場や倉庫として利用されたが、昭和六三（一九八八）年に地下鉄を開通させることで、近年は超高層ビルの建設が盛んに行われて都民の居住地になった。

その南側に晴海という月島とほぼ同じ大きさの人工島が昭和六（一九三一）年に完成した。東京国際見本市会場（東京国際貿易センター）があり、また晴海港は南極船宗谷の出帰港としても知られていた。今は、月島と同じように超高層ビルが林立してオフィスや都民の居住地になっている。

さらにその南側の人工島として豊洲とその沖に東雲がある。両方ともが昭和三（一九二八）年の関東大震災の瓦礫処理などで埋め立てられてできたところである。豊洲は長らく工業用地として使われ、貨物列車の行き交う風景が日常であったという。平成三〇（二〇一八）年に卸売市場の一つである築地市場が閉鎖され、代わって豊洲市場が開場して一気に知られるようになった。一方、東雲には国際展示場や有明テニス会場がある。

これらの人工島の西側に台場という縦に長い人工島がある。昭和五四（一九七九）年に以前からあった防波堤の内側を浚渫によって取れた残土で埋め立てて造られた。幕末に外国船をにらんで設置された大砲台がここにあったことから台場と命名された。今は、ショッピングセンターやオフィスビルが建ち並び、なかにフジテレビや科学未来館がある。

さらに豊洲や東雲の東側、つまり荒川の河口には枝川と潮見や辰巳と新木場などの人工島が造られており、海浜公園や夢の島公園を備えた住宅地として使われている。

一方、海上輸送を容易にさせて物資の交易を盛んにする、つまり、小さな晴海埠頭だけに頼るのではなく、巨大船の停泊できる埠頭の建設も進められた。その構想は、前述の人工島の西側に深い航路を幅広く造って大型船を通し、その西側の田町から大井に至る海岸線に人工埠頭を南北に並べるように造ることであった。初めにできたのが田町の沖合に造った芝浦埠頭で昭和の初期のことである。それからその南側に新しい人工島を造って品川埠頭としたのが昭和三九（一九六四）年である。さらにその南に三つ目の大きな大井埠頭を平成一二（二〇〇〇）年頃に築き、巨大コンテナ船でも停泊できるようにした。これらの事業によって東京への物資の海上輸送路が確保されたのである。そして、大井埠頭に続くように、そこはすでに多摩川の河口であるが、空の玄関口として羽田空港が人工島に造られている。

二〇一三年に東京にオリンピックが誘致されることが決められてから、これらの人工島に超高層マンションを林立して居住空間としての利用が目論まれたようだ。都心とは高速道路や鉄道を通す橋やトンネルで細かく繋がれて利便性が確保された。例えば豊洲へ行こうとすれば、東京駅や羽田空港などから都営バスが配備され、さらに有楽町からは地下鉄で四駅であり、時間があれば新橋からモノレールゆりかもめで海上を約二十五分なのだ。さらに都心の渋滞を避けるように、三浦半島の横須賀を発し、横浜から川崎沖で海上の人工島へ出て、羽田空港、大井埠頭を経て海底トンネルで台場へ渡り、そこから東雲、辰巳、そして新木場の人工島を横切ってディズニーランドへ達し、さらに内陸を千葉市までつなぐ国道三五七号（首都高速湾岸道路）が布かれている。

私は、平成二九（二〇一七）年に田町駅から歩いて行ける芝浦の埋め立て地に建つ超高層マンションから、開発途上の海上空間を眺めたことがある。その時すでにこれは大事業で別世界だと感じた。

それからオリンピックがあって、さらに二年が経った令和五（二〇二三）年の夏に所用で東京へ行った折にこの辺りを訪ねてみた。豊洲にオープンしたばかりのホテルの三十五階を奮発した。時間があったので新橋からモノレールに乗った。自動運転でゆるりと進む。海岸線に沿った干拓地から芝浦埠頭で大きく左折してレインボーブリッジにかかり、それで大型船の航路を横切ると海上の人工島へと入っていく。止まる駅名から周辺の施設がわかる。初めの島が数年前に孫たちと行ったことのあるお台場でテレビ局や科学未来館駅があった。そこを過ぎてあけみ橋を渡ると東雲につき、そこには国際展示場や有明テニス場の駅があった。さらに進むと東雲運河に差し掛かり、じきに豊洲市場の建物が見えてきた。

豊洲駅で下車して陸上へ出た。駅に接してある大きなスーパーマーケットに入ると、市場から届いたばかりの新鮮な魚をはじめ、ありとあらゆる食料品が並んでいた。羨ましく感じながら魚市場の方向へ歩いていった。海上にできた人工島にいるという感じは全くなく、都会の町中を歩くのと何ら変わりはない。ただ歩道にもどこにも緑がない。コンクリートの塊の中を流れに沿って進むと、どこからともなく魚の臭いが漂ってきた。あいにく午後になっており、市場のセリなどの活気に接することはできなかったが、そこはハイカラな感じで築地のような泥臭さはなかった。まだ使い慣れていない道具と同じで、馴染むまでにはもう少し時間がかかるのかなと思われた。市場の三階にある飲食店や食料品店は観光目当ての利用客でごった返していた。

夕方になってホテルにチェックインした。そして部屋でくつろいだあと、夕食を取るために三十六階のフロントに並んであるレストランの予約席に陣取った。とたんに正面の大きなガラス窓を通して見える景色に圧倒された。そこが海上から都心を眺められる絶好の座席であったのだ。真正面が東京駅方面のようで、左の遠くに東京タワーが、そして右にスカイツリーを見通すことができた。それらを背景にして近景には月島と晴海の二つの人工島にある高低さまざまの超高層ビルが幾重にもなって林立し、それらの合間を海が運河のようになって細かく流れていた。行きから観光船や小さな漁船がアクセントになって海上を進んでいった。

水のある景色はそれだけで癒される。食事をとるのもそぞろに景色に見とれていると、次第に夜の帳《とばり》が下りてきた。そしてぽつぽつと灯りがつき始めたのである。ものの三〇分ほどで灯りの波があちこちへ広がり、高いビルや橋の存在を示す警告灯が赤く点滅する以外は室内や道路を照らす蛍光灯色で埋められていったのである。やがて幾重にも重なる超高層ビル街がほぼ同色の灯りで埋め尽くされ、しかもそれらがそばの水面に映ってかすか

豊洲から眺めた落日

に揺れているのだ。この言葉を失うほどに美しい光景が視野全体を占めるほどに広がったのである。かつてニューヨークのホテルからマンハッタンの夜景に見とれたことがある。赤や緑、黄色と色とりどりの輝きを華やかで湧き立つように感じたことを憶えている。それに比べて目も前に見える光景は、モノトーンで落ち着いており、その輝きはずっと昔に山の頂で眺めた満天の星に近い印象であったのである。やはり水のなす技なのだろうと豊かに癒されておのずとそこに溶けていった。ここが東京かとも思った。騒音や粉塵に汚れる大都会に、ここはまさに新世界だと感じられたのである。

東京に出現した新世界を本書の終章として紹介した。それは日本を代表する東京が新たな時代に入っていることの象徴として紹介したかったからである。まさに平和で豊かに癒しあえる社会の象徴でもあり、二一世紀の日本のあり方の範を示しているようにも思われたからである。

本書を出版するにあたり、風媒社の劉永昇編集長をはじめとした諸氏には大変お世話になった。ここに衷心からお礼を申し上げる。

令和六（二〇二四）年三月

著者

[著者略歴]
長屋 昌宏（ながや・まさひろ）
1938年、愛知県豊橋市にて、両親ともに小児科医の次男として生まれる。57年、愛知県立時習館高等学校卒業。同年4月、名古屋大学医学部入学。63年、同大学卒業。70年より愛知県心身障害者コロニー中央病院小児外科に勤務する。99年、同中央病院長。現在、愛知県心身障害者コロニー（現・愛知県医療療育総合センター）名誉総長。
[著書]『新生児ECMO』（名古屋大学出版会）、『三州平野』『考える愉しみ　ある老医師の記録』『遥かなる赤ちゃんの外科』（風媒社）。

移りゆくいとなみ

2024年7月22日　第1刷発行　　（定価はカバーに表示してあります）

著　者　　長屋　昌宏
発行者　　山口　章

発行所　名古屋市中区大須 1-16-29
振替 00880-5-5616 電話 052-218-7808　風媒社
http://www.fubaisha.com/

＊印刷・製本／モリモト印刷
乱丁本・落丁本はお取り替えいたします。
ISBN978-4-8331-5459-8